LES MESSAGERS D'OKEANOS

Une aventure de Laurent Saint-Pierre

Données de catalogage avant publication (Canada)

Devindilis, Gilles

    Les messagers d'Okeanos

    (Collection Chacal ; 14)
    Pour les jeunes.

    ISBN 2-89051-805-1

    I. Titre   II. Collection

PZ23.D49Me 2001   j843'.914   C2001-941098-0

LES MESSAGERS
D'OKEANOS

Une aventure de Laurent Saint-Pierre

Gilles Devindilis

**ÉDITIONS
PIERRE TISSEYRE**

5757, rue Cypihot, Saint-Laurent (Québec) H4S 1R3
Téléphone: (514) 334-2690 – Télécopieur: (514) 334-8395
Courriel: ed.tisseyre@erpi.com

I

Bon anniversaire, Marine !

Par la fenêtre ouverte, la chaleur de juillet pénétrait à la manière d'un souffle bienfaisant. Elle s'accompagnait des mille et un bruits de la rue, encombrée d'une foule hétéroclite de touristes et de badauds circulant comme des fourmis ouvrières. Le Festival d'été débutait à Québec.

La chaleur était pesante. Le mercure du thermomètre fixé sur l'encadrement dépassait les trente-trois degrés.

— Tu vas être en retard, Marine, comme d'habitude.

— C'est ta faute, maman ! Je ne sais pas où tu as mis mon ensemble bleu.

— Pour la troisième fois, petite sourde, il est dans le tiroir droit de ta garde-robe.

 7

— Je vais finir par croire, fit une voix plus grave, que le concours ne t'intéresse pas... De toute manière, ce n'est pas une raison pour traîner à moitié habillée devant la fenêtre !

Marine Saint-Pierre abandonna son poste d'observation, traversa la salle de séjour. Au passage, Olivier Saint-Pierre, son père, la menaça gentiment de la main. Cri de Marine avant de disparaître vers sa chambre.

En deux enjambées, Olivier rejoignit son épouse, la saisit par la taille, lui fit faire un tour complet.

— Vous êtes ravissante, Anne Granger Saint-Pierre...

Sensible au compliment que venait de lui adresser son mari, Anne rejeta la tête en arrière et éclata d'un rire cristallin, presque adolescent. Elle avait quarante-quatre ans, mais dans ses jeans serrés et son chemisier blanc, elle en paraissait toujours seize, âge où ils s'étaient rencontrés. Olivier avait alors dix-huit ans. Le temps de terminer leurs études, ils s'étaient ensuite mariés. Ils avaient eu deux enfants : Marine, quatorze ans aujourd'hui, et Laurent, vingt ans, un solide et athlétique garçon qui pouvait revendiquer cinq centimètres à son père. Il mesurait un mètre quatre-vingt-six.

Olivier embrassa tendrement son épouse.

— Eh, monsieur Saint-Pierre ! Que vous arrive-t-il, tout à coup ? murmura-t-elle avec un peu d'ironie.

— La chaleur, je suppose...

— Vous allez être en retard ! clama triomphalement Marine, de retour dans le salon, vêtue d'un bustier et d'une jupe à volants où dansaient des papillons.

Olivier Saint-Pierre soupira, puis lança un regard surpris.

— Ma parole, c'est une vraie femme qui vient d'apparaître !

Marine bomba fièrement le torse, ce qui fit ressortir sa jeune poitrine.

— Tu oublies qu'elle vient d'avoir quatorze ans, mon chéri. Ce n'est plus une petite fille, n'est-ce pas, Marine ?

Olivier se pencha sur le visage de sa cadette, haussa les sourcils, arrondit les lèvres. Du maquillage ! Marine, cette enfant à qui il n'y a pas si longtemps encore, il récitait des contes avant qu'elle ne s'endorme, avait les yeux peinturlurés !

— C'est vous qui êtes en retard, désormais, monsieur Saint-Pierre, ironisa Anne en entraînant Marine vers la sortie !

Olivier Saint-Pierre, perplexe, secoua la tête, s'arrêta devant le miroir du meuble d'entrée. Avait-il encore, lui aussi, l'allure d'un jeune homme ? L'espace d'un instant, le visage de sa fille lui avait fait sentir le poids des années... M'ouais ! Ça pouvait aller ! Le miroir reflétait une chevelure châtaine coupée court, parsemée de quelques cheveux blancs qu'il s'empressa de dissimuler par de rapides coups des doigts. Le teint restait net, hâlé par une vie au grand air (il participait régulièrement aux missions de Médecins du Monde), le nez droit, les yeux bleus, l'expression franche... En tout cas, pas de graisse superflue.

Olivier Saint-Pierre remercia le miroir d'un clin d'œil et sortit sur le perron où trépignaient d'impatience les deux femmes de sa vie.

— Enfin ! gémit Marine.

Partout, c'était bondé. Il leur fallut une bonne demi-heure pour aborder la rue du Trésor. De chaque côté, entre les galeries d'exposition, des artistes en herbe aux talents divers croquaient les amateurs de souvenirs, désireux de se voir immortaliser sur papier. C'est en louvoyant entre les files d'attente et les terrasses des cafés qu'ils réussirent à rejoindre finalement la place d'Armes.

Le concours de tir à l'arc avait lieu sur la terrasse Dufferin, au pied du Château Frontenac. Il ne faisait pas partie du championnat provincial, mais s'intégrait aux nombreuses manifestations du Festival, dont la fête nationale, le 24 juin, avait constitué le lever de rideau. Malgré le caractère officieux de l'épreuve, elle n'en risquait pas moins d'être attrayante. Les éliminatoires se déroulaient en deux manches, sur une distance de soixante mètres, trois flèches par concurrent, à décocher en moins de deux minutes trente. La finale opposerait les trois meilleurs candidats en flèche à flèche, quarante secondes par tir, pour un total de dix flèches.

À peu de chose près, toutes les provinces et territoires participaient au concours. Chacun avait désigné un champion susceptible de le représenter. Laurent Saint-Pierre était l'heureux élu pour défendre les couleurs de l'Université Laval. Dernière chose et non des moindres : le vainqueur empocherait la coquette somme de quatre mille dollars.

Marine sautilla d'énervement.

— Là-bas ! Vite, il reste de la place !

Elle entraîna Olivier par la manche.

— Hé ! Pitié pour ma veste !

En réalité, Marine était impatiente d'assister à l'épreuve. Depuis toujours, elle adorait son grand frère.

Elle s'arrêta au milieu d'une bande d'étudiants excités, cherchant la silhouette de son frère. Il patientait dans la zone de repos.

Le premier tour des éliminatoires venait de s'achever. Douze candidats s'étaient affrontés. Après lecture des résultats, la voix du juge principal résonna dans les haut-parleurs. Six villes restaient en lice : Toronto pour l'Ontario, Brandon pour le Manitoba, Moose Jaw pour la Saskatchewan, Calgary pour l'Alberta, Ennadai pour les Territoires du Nord-Ouest... et Québec.

Marine se fit un devoir de couvrir les beuglements de ses voisins :

— Saint-Pierre ! Saint-Pierre ! Saint-Pierre !

Laurent avait fini ce premier tour ex aequo avec le représentant du Nord-Ouest, un certain Keewat.

Le juge imposa le silence. Au premier coup de sifflet, un des finalistes s'avança jusqu'à la ligne d'attente, puis, au second coup, sur la ligne de tir. Il décocha les trois flèches en deux minutes douze secondes.

— Un bon tir, fit Olivier Saint-Pierre, les jumelles braquées sur les blasons. Cinq... sept... et neuf! Cela fait vingt et un.

— Lorri va faire mieux, papa! Il est le plus fort, n'est-ce pas, maman?

— Bien sûr, ma chérie, répondit Anne Granger Saint-Pierre en caressant affectueusement les cheveux bouclés de sa fille.

Ce fut bientôt au tour de Laurent. Elle le regarda s'avancer. Dans son ensemble de coton blanc, il avait l'air d'un jeune dieu. Pour éviter que sa chevelure blonde aux mèches longues et épaisses ne le gêne, il avait ceint son front d'un bandeau en éponge.

Premier, puis second coup de sifflet. Laurent Saint-Pierre extirpa une flèche de son carquois, visa soigneusement la cible, tira.

— Combien, p'pa? s'inquiéta vivement Marine.

— Neuf...

Deuxième, puis troisième tir. Sous les tiraillements de la cadette, Olivier fit le total des points obtenus.

— Vingt-neuf! Il est en tête. Voilà qui est très bien.

— Yaouou! C'est lui le plus fort! dit Marine en explosant de joie.

— Il reste l'Indien Keewat, chérie, ne l'oublie pas, répondit Anne pour tempérer un peu les ardeurs de sa fille.

— De toute manière, il est qualifié, non?

Keewat gagna la ligne de tir, décocha les flèches en un temps record.

— Bon sang! s'exclama Olivier Saint-Pierre. Vingt-neuf ou trente... Voilà un diable d'adversaire.

Le brouhaha monta d'un cran, le temps pour le juge de prendre connaissance des points reportés par les marqueurs. Lorsqu'il annonça le décompte, trois concurrents se retrouvaient finalistes : Toronto, Ennadai et Québec.

— Cette fois-ci, les enfants, expliqua Olivier, c'est sérieux. Il n'y aura pas de prochain tour.

Poussés par les étudiants de l'Université Laval, des vivats éclatèrent. Les candidats étaient maintenant alignés sur le pas de tir.

La partie dura un peu plus de six minutes, six minutes qui durèrent six siècles pour Marine. Entre les mains de son père, les jumelles bondissaient nerveusement d'un blason à l'autre, tandis qu'Anne Granger Saint-Pierre croisait les doigts pour conjurer le sort.

La manche était terminée. Lorri restait concentré. À vue de nez, le score du candidat de Toronto ne l'inquiétait guère. Il n'en allait pas de même de celui de l'Amérindien avec qui il échangea un regard, puis un sourire. Il était bon joueur.

Le micro crachouilla et la voix de l'annonceur couvrit l'impatience de la foule.

— Premier, Keewat, représentant des Territoires du Nord-Ouest, ex aequo avec Laurent Saint-Pierre, candidat du Québec : quatre-vingt-douze partout. Mesdames, mesdemoiselles, messieurs, vous pouvez les applaudir. Voilà un résultat inattendu ! Bravo à nos deux champions !

Marine hurla de joie en se jetant dans les bras de sa mère avant de bondir à la rencontre du vainqueur.

— Lorri est le plus fort, je vous l'avais bien dit ! Lorri est le plus fort !

Olivier et Anne Granger Saint-Pierre lui emboîtèrent le pas.

— Félicitations, mon garçon ! Ça, c'était du tir !

— Merci, papa, répondit l'adolescent en rendant les accolades chaleureuses à son père.

— Bravo, Lorri chéri. Je suis fière de toi. Tu as été magnifique. Marine était intenable !

— Tu es le plus fort, Lorri, clama encore une fois la cadette.

— À vrai dire, ce n'est pas tout à fait exact, Marine, dit Laurent en se tournant vers Keewat. Je ne suis qu'ex aequo.

Il tendit la main à l'Amérindien.

— Félicitations ! Tu es un super-archer !

Keewat était jeune, un visage au teint mat encadré par une chevelure de jais. Il était aussi athlétique que Laurent.

— Oui, vraiment bravo ! s'exclamèrent de concert les Saint-Pierre.

— Je te félicite. Tu es presque aussi fort que mon frère. Où habites-tu ?

— Je voyage, répondit laconiquement le jeune homme tout en esquissant un sourire à l'adolescente. Je viens d'Ennadai, dans le Nord-Ouest.

« Après tout, il est pas mal, songea Marine. Moins beau que Lorri, mais pas mal... »

— Aujourd'hui, reprit-elle, c'est mon anniversaire... Seize ans... Quel âge as-tu, toi ?

— Vingt... Enfin, pas tout à fait.

— Comme Lorri. Tu aimes le gâteau d'anniversaire ?

— Qui n'aimerait pas le gâteau...

— Alors, je t'invite. Notre maison n'est pas loin. Viens.

— Heu... tu devrais peut-être en parler à tes parents, fit l'Amérindien en tentant de libérer sa main.

— Papa, maman ? Keewat vient à la maison... Je l'ai invité.

— Lui as-tu demandé son avis, au moins, intervint Laurent.

— Rassurez-vous, je suis d'accord. Si ça ne vous dérange pas...

— Pas du tout, dit Anne Granger Saint-Pierre. Nous vous attendons.

— Eh bien, c'est entendu ! s'exclama Lorri. Le temps d'aller retirer notre prix. Deux mille dollars chacun, ça ne se refuse pas !

Les rues du vieux quartier s'étaient gonflées du flot des spectateurs ayant assisté à la compétition. Laurent et Keewat mirent deux fois plus de temps que prévu pour gagner la résidence des Saint-Pierre. Ils en profitèrent pour faire plus ample connaissance.

Keewat appartenait à la tribu des Tchippewayans, dont les membres, autrefois, vivaient surtout en bordure du Grand Lac des Esclaves. Il avait été élevé par sa grand-mère, décédée depuis quelques mois. Son nom tchippewayan était d'ailleurs *Bé-Tsuné-Yénelchian* : «élevé par sa grand-mère». Après avoir terminé ses études collégiales, il avait décidé de voyager là où son envie le mènerait.. Il arrêtait sa vieille Harley, ici ou là, le temps de toucher quelque salaire en échange de ses services. Il s'était inscrit au concours de tir à l'arc, car la prime était attrayante.

Laurent s'empara du matériel de tir pendant que l'Amérindien hissait la moto sur son pied.

— Vieil engin mais dont la réputation n'est plus à faire, fit Lorri en désignant la Harley. J'en possède également une... Pas une américaine, une japonaise : Kawa 600 ZZR.

18

Keewat émit un sifflement.

— La bête de course, hein ! Et tu t'en sers souvent ?

— Sauf quand il neige trop. J'aime la moto. Et puis, c'est moins cher qu'une voiture.

L'Amérindien jeta un coup d'œil à la dérobée vers la maison, une construction traditionnelle du Vieux-Québec, en pierre, avec une petite cour.

— Mes parents gagnent bien leur vie mais ils sont simples, expliqua Laurent comme pour s'excuser. Mon père est médecin, ma mère connaît un certain succès en peinture. Elle expose ses œuvres dans les galeries. D'ailleurs, papa participe régulièrement à des missions humanitaires pour Médecins du Monde... Quant à moi, j'ai décidé de faire ma part pour la sauve-garde de la planète. Je suis des cours d'éco-biotechnologie à l'Université Laval.

— Ouais, moi aussi, j'ai envie de militer, approuva Keewat. Pour la planète, et surtout contre les gens qui s'opposent à ce que nous y vivions en parfaite harmonie avec la Nature, comme nous le faisions jadis avant que...

— Avant que tout ne se détraque, hein, coupa Lorri. Tu as raison, Keewat. Nos ancêtres se sont certainement côtoyés. Peut-être qu'ils se sont affrontés, peut-être pas... En attendant, rien n'empêche qu'on devienne de bons amis... Qu'en dis-tu?

Les deux jeunes gens se jaugèrent du regard. Ils étaient aussi francs l'un que l'autre.

— *Eltchélékwiè*, répondit l'Amérindien.

— Ce qui veut dire?

— Les deux frères...

Ils échangèrent une vigoureuse poignée de main.

Le salon des Saint-Pierre avait des allures de fiesta. Aidée de sa mère, Marine n'avait pas lésiné sur les guirlandes de papier découpé, serpentins ou autres cotillons. La pièce était vaste, confortablement meublée: mobilier aux bois patinés, cuir, bronze, laiton... Au mur, plusieurs œuvres signées par la maîtresse de maison étaient accrochées, de style contemporain.

Marine accapara Keewat. Elle voulait tout savoir sur Ennadai. L'interrogatoire dura jusqu'à l'arrivée de la génoise au chocolat sur laquelle trônaient quatorze bougies. À la remarque de l'Indien, pour qui il en manquait deux pour faire seize, ses joues s'empourprèrent.

— Cela t'apprendra à dire des mensonges ! sermonna Lorri.

— Rassure-toi, tu vieilliras bien assez vite, ajouta Olivier Saint-Pierre.

— Ainsi, vous êtes de passage à Québec ? s'informa Anne.

— Pour quelques jours... Ensuite, je ne sais pas encore. Peut-être l'Europe.

— L'Europe ? Lorri va justement en France à la fin du mois prochain... Vous pourriez peut-être voyager ensemble ?

— Pourquoi pas, Lorri ? s'exclama le médecin. Le voyage serait plus agréable avec un compagnon. Qu'en dis-tu ?

Les deux jeunes gens échangèrent un coup d'œil. Pour une raison inexplicable, ils se sentaient proches l'un de l'autre. Ils ne se connaissaient que depuis quelques heures à peine, et pourtant c'est comme s'ils s'étaient toujours connus. Ne partageaient-ils pas les mêmes goûts, voire les mêmes aspirations ? Le tir à l'arc, la moto, le voyage... Tous deux semblaient animés d'un désir farouche de partir à l'aventure, vers quoi... ils ne le savaient sans doute pas encore précisément.

— Maman a hérité d'une petite propriété en France, expliqua Laurent Saint-Pierre, en Bretagne, sur une petite île. Paraît que dans le temps, certains de nos ancêtres acadiens y ont vécu...

— Ce n'est pas il parait, coupa Anne Granger Saint-Pierre, c'est la vérité.

— En fait, papa et maman ne sont pas libres pour aller voir ça, et ils comptent sur moi. Ça t'intéresse, Keewat ?

— Pourquoi pas, fit l'Amérindien. Seulement, d'ici là, j'ai besoin de travailler...

— Pas de problème, répondit immédiatement Lorri. La galerie où expose ma mère a besoin de bras pour les expositions. Les tiens me paraissent vigoureux, n'est-ce pas, maman ?

— C'est entendu. J'en parle dès demain au propriétaire.

— Génial ! s'exclama Marine. Dommage que je ne puisse pas aller avec vous en France !

— Un jour, je t'emmènerai, petite sœur, promis !

— Voilà un plan qui s'arrose, dit joyeusement Olivier Saint-Pierre en débouchant une seconde bouteille de champagne et en fredonnant la chanson de Gilles Vigneault : « Ma chère Marine, c'est à ton tour… De te laisser parler d'amour…»

2

Naufrages

Golfe de Gascogne, sur les côtes françaises.

L'aube tout juste naissante commençait à griser l'étendue sombre et mouvante de l'océan. À sa surface, scandant l'air de ses puissants diesels, le *San Pedro* venait d'actionner le treuil de poupe afin de larguer les filets tournants.

Le *San Pedro*, chalutier espagnol, parti de Corogne, aurait très bien pu s'appeler le *Saint-Pierre*, être français et avoir Lorient ou Concarneau comme port d'attache. Là n'était pas la question. Depuis quelques années, le conflit entre les deux flotilles de pêcheurs prenait une sale tournure.

Derrière les vitres imbibées de sel par les vents et les marées, le patron du *San Pedro*, Alphonso Carrera, un homme aux traits burinés et aux sourcils épais, surveillait la manœuvre plus par routine que par nécessité. Ses hommes connaissaient le boulot.

Au-delà des flaques de lumière des fanaux électriques éclairant le pont, l'obscurité, réticente, cédait peu à peu la place à la clarté diaphane du jour.

Alphonso Carrera écarquilla les yeux vers l'horizon, essayant de deviner la silhouette du navire français apparu quelques minutes plus tôt sur le radar de bord. Il ne put rien distinguer.

Cette fois-ci, le *San Pedro* était arrivé le premier sur le banc. Il naviguait au large du golfe de Gascogne, en situation tout à fait régulière, dans les eaux communautaires européennes. Les Français n'avaient qu'à bien se tenir, et s'ils décidaient de se montrer vindicatifs, Alphonso savait comment leur faire passer le goût de la fanfaronnade. Il jeta un œil vers le gros fusil de chasse appuyé dans un coin de la cabine. Peu de temps auparavant, ces mêmes pêcheurs français avaient ouvert les hostilités en prétextant quelque sordide règlement concernant les quotas européens. Lui, Alphonso Carrera, se fichait pas mal des règlements. La mer avait toujours été à tout le monde et il ne voyait aucune raison pour que ça change. Les quotas n'étaient qu'une invention de bureaucrates destinée uniquement à préserver les économies des pays les plus riches. Et l'Espagne n'était pas un pays riche.

En revenant vers la barre, le capitaine du *San Pedro* caressa doucement la console où s'alignaient les appareils de navigation, merveilles de technique et d'électronique. Carrera était fier de son bateau : onze cents tonneaux, vingt mètres de pont, une vitesse de quatorze nœuds... Le profil de l'échogramme, dont le tracé sur le ruban de papier traduisait la présence d'un banc de poissons, était plutôt prometteur, et grâce aux mailles étroites du filet, à peine soixante-cinq millimètres, il resterait tout juste, après son passage, de quoi tartiner quelques blinis.

Lancée par les écologistes du monde entier, la mode était aux avertissements. Ils décrivaient le travail des grandes unités de pêche comme un massacre organisé dont la conséquence directe était un appauvrissement généralisé des océans. Carrera s'en fichait pas mal.

« Tous dans le même sac ! songea-t-il. L'écologie n'est qu'un leurre. Faites comme je dis, pas comme je fais ! Telle pourrait être leur devise. *Caramba !* Qu'est-ce qu'ils y connaissent, ces bureaucrates ? »

D'un geste brusque reflétant l'agressivité qu'il éprouvait, le capitaine du chalutier extirpa une bouteille thermos de son logement protecteur et se versa une rasade de café noir dans une timbale.

« De toute manière, pensa-t-il encore, le boss de la compagnie nous paie pour pêcher, pas pour faire de la philosophie. Pas de pêche, pas d'argent... »

Au fond de lui, Alphonso Carrera devait malgré tout admettre que le poisson se faisait de plus en plus rare, et surtout plus petit. C'est en partie pour cette raison qu'il avait vendu la *Santa Maria*, son propre caboteur. Les saisons devenant de plus en plus difficiles et l'entretien du matériel de plus en plus cher, ses affaires avaient mal tournées. Le refrain était connu : une diminution des prises, une augmentation des frais, une concurrence de plus en plus féroce, l'attrait des grandes centrales d'achat pour les prix planchers, prix que vous êtes incapable de tenir... Alors, pour continuer à faire vivre Marghérita, sa femme, et ses quatre *diablos*, la C.P.C, compagnie de pêche de La Corogne, était tombée à pic. Aujourd'hui, même si le *San Pedro* ne lui appartenait pas, il commandait un équipage de quatre ou cinq hommes.

Carrera avala d'un trait son fond de café et sortit sur le pont. Immédiatement, il retrouva les bruits et les odeurs qu'il affectionnait : le grincement des câbles sur les poulies, la course des cabestans, le froissement des cirés, les odeurs mêlées du fuel et de la mer, et, par-dessus tout, celle entêtante du poisson, synonyme de pesetas.

À proximité du treuil de largage, un coup d'œil rapide lui apprit qu'il restait à dérouler environ cinq cents mètres de filet. Tout autour, les hommes travaillaient en silence, accomplissant des gestes maintes fois répétés mais toujours calculés. Pas question de laisser le chalut s'entortiller ou même de se prendre un pied dedans par étourderie.

— Regardez, là-bas ! s'écria tout à coup l'un des marins en désignant les flotteurs. Des lumières !

Un à un, les employés s'arrêtèrent.

— Qu'est-ce-que vous fichez, bon sang, hurla Carrera, c'est pas le moment de...

Le curieux spectacle lui coupa net la parole. De part et d'autre du filet, des points lumineux et mobiles convergeaient vers le navire. Cela ressemblait à des lentilles brillantes. Elles semblaient venir des profondeurs. L'équipage du *San Pedro* n'apercevait précisément que les plus proches d'entre elles, mais tous devinèrent qu'elles se répartissaient sur la totalité du chalut.

— Continuez à larguer ! ordonna soudain Alphonso Carrera en se précipitant vers la cabine de pilotage pour s'emparer du fusil de chasse. Après avoir vérifié qu'il était bien chargé, il se propulsa vers l'extérieur.

«*Caramba !* Si c'est un coup des Français, qu'ils se préparent à une chaude réception ! » pensa-t-il avec colère.

Les marins du *San Pedro* n'avaient pas quitté des yeux les mystérieuses apparitions. Ils virent nettement plusieurs flashes intenses s'en dégager. Immédiatement après, comme sous le coup d'un boutoir, le chalutier parut bondir en avant. La violence du choc fut telle que deux des membres de l'équipage tombèrent à la mer.

28

— *Madré de Dios*, s'écria un marin, arrêtez les machines !

Carrera, qui accourait le fusil à la main, jura avant de faire volte-face. Peu de temps après, le *San Pedro*, moteur coupé, mourait sur son erre.

— Qu'est-ce qui se passe, bon Dieu ? vociféra le capitaine d'une voix rauque en regagnant la poupe.

— Pablo et Félipe, patron... sont tombés !

— Vous les voyez ? s'inquiéta Carrera en se précipitant contre le bordage. Nom d'un... Le filet ! Il s'est rompu !

Sous le treuil, les restes du chalut pendaient lamentablement.

— C'est leur faute ! reprit le marin en désignant les lentilles. Z'ont envoyé des éclairs, et le filet a lâché d'un coup. Pablo et Félipe sont passés par-dessus bord.

La surface de l'océan restait déserte. Les naufragés semblaient engloutis, tout comme les lentilles de lumière, disparues elles aussi.

Pendant une bonne minute, un silence pesant s'installa entre les trois survivants, silence troublé uniquement par le clapotis de l'eau et le tintement des haubans d'acier jouant avec les mâts.

— Montrez-vous, sales *Franceses*! hurla soudain Carrera en brandissant le poing.

Dans son esprit, le phénomène auquel son équipage venait d'être confronté n'était pas d'origine naturelle. Il devait y avoir des plongeurs sous-marins, là, tout autour du bateau.

Un des marins tendit le bras vers tribord.

— Ils reviennent!

À une distance difficilement évaluable, une lentille lumineuse venait de surgir de nouveau des profondeurs. En y regardant de plus près, elle se révéla nettement plus volumineuse que les précédentes, jusqu'à dépasser les dimensions du chalutier.

— Elle se rapproche, patron!

— Elle s'éloigne, plutôt, corrigea le second marin.

— Elle ne s'éloigne ni ne se rapproche, laissa tomber Carrera avec justesse, elle nous contourne par tribord.

Tout à coup, la mystérieuse apparition changea de cap et se mit à filer droit sur le chalutier.

— *Caramba!* Les machines, vite, hurla Alphonso Carrera, remettez-les en marche. Il faut déguerpir d'ici!

D'un même élan, les deux employés s'élancèrent de part et d'autre de l'ouverture de cale et s'engouffrèrent à l'intérieur de la timonerie. Un court instant plus tard, toutes les membrures du *San Pedro* se remettaient à vibrer sous l'action du diesel. Trop tard ! Animée d'une vitesse inouïe, la chose venait de rejoindre le navire.

Carrera, dans un geste dérisoire, lâcha coup sur coup les charges de plomb contenues dans l'arme de chasse qu'il tenait toujours en main. Il y eut un choc d'une extrême violence qui l'envoya vers la gueule béante de la cale où il disparut, happé par le vide. Les corps des deux autres marins se fracassèrent contre le bordage.

Dix minutes plus tard, le *San Pedro* s'abîmait sous les flots. À une trentaine de milles de là, le *Breitz*, un chalutier français, subissait un sort semblable.

Au large du Sénégal.

Gigantesque boîte à sardines flottante, le superpétrolier, répondant au nom poétique de RDP-94 (RDP comme *Royal Deutch*

Pétroleum), avait quitté Monrovia, au Liberia, depuis plusieurs jours. Le Libéria, dont le nom était dérivé de *liberty*, offrait, entre autres avantages, la possibilité pour les armateurs de faire naviguer leurs bâtiments sous pavillon de complaisance.

Le RDP-94 était donc une boîte à sardines flambant neuve, battant pavillon libérien, tout juste sortie un mois plus tôt des chantiers navals de Nagoya, au Japon, et, pour la modique somme de quarante millions de dollars, il représentait le plus beau fleuron de la flotte néerlando-libérienne : une boîte à sardines gigantesque, capable de transporter plus de cinq cent mille tonnes de pétrole brut au sein de ses entrailles.

Boutoumi était un jeune Ivoirien, employé à bord comme « technicien de maintenance », titre un peu pompeux peut-être, par rapport au salaire qu'il percevait. Mais cette rémunération était nette d'impôts, ce qui était toujours bon à prendre. En revanche, du côté de la législation du travail, Boutoumi n'avait qu'à être en bonne santé. De toute manière, Boutoumi l'avait, la santé ! Grâce à son vélo, une magnifique bécane dont l'âge respectable flirtait probablement avec les années trente. Le travail de

Boutoumi, à bord du supertanker, consistait à lubrifier tout ce qui pouvait l'être. À l'aide de sa bicyclette, parfaitement «lubrifiée», il franchissait en un temps record les quatre cent vingt-cinq mètres séparant l'étrave de la poupe, ce qui en soi constituait un excellent exercice physique.

Les cales du RDP-94 étaient vides. En réalité, le supertanker naviguait vers le Venezuela pour y recevoir sa première cargaison : cinq cent mille tonnes de brut destinées aux raffineries d'Anvers. La ligne de flottaison étant à son plus bas niveau, Boutoumi, occupé à graisser un des guide-chaîne de l'ancre bâbord, avait la sensation d'être perché sur le toit mouvant d'un immeuble de plusieurs étages. Il les vit donc arriver de loin : de bizarres auréoles de lumière venant à la rencontre de l'énorme bâtiment.

«Drôles de poissons!» songea-t-il en déposant la pompe à graisse.

Afin de bénéficier d'une vue plus étendue encore, l'Ivoirien courut contre le bordage. Les auréoles lumineuses, de forme lenticulaire, se répartissaient le long de la coque, de manière bien trop ordonnée pour que ce soit d'origine naturelle. Dans les environs immédiats, l'eau prit une teinte phosphorescente.

Saisi d'un mauvais pressentiment, Boutoumi traversa le pont sur toute sa largeur. Côté tribord, la même chose : les lentilles entouraient la coque !

Qu'est-ce-que tout cela voulait dire ?

L'étrange phénomène ne se contentait pas d'encercler le RDP-94, il l'escortait.

Le malaise qui avait envahi l'Ivoirien, sans qu'il sache trop pourquoi, se transforma en crainte. En hâte, il récupéra sa bicyclette, abandonnant volontairement la pompe à graisse, avant de se lancer dans un sprint effréné vers la tour de contrôle.

La gigantesque structure du tanker fut ébranlée par une secousse, ce qui compromit l'équilibre de l'ouvrier, qui réussit, néanmoins, à rester en selle d'un adroit mouvement de reins. Cependant, le pont accusant un coup de gîte évident, la bicyclette vint percuter le garde-fou, précipitant son occupant par-dessus bord. Des cris retentirent en provenance de l'arrière du navire, poussés par le reste de l'équipage qui gagnait les embarcations de sauvetage.

Jamais de sa carrière, Boutoumi n'aurait imaginé faire pareille chute de vélo : pas moins de vingt-cinq mètres. Lorsqu'il heurta la surface de l'eau, l'Ivoirien s'enfonça de plusieurs brasses avant de pouvoir émerger. Au-dessus de lui, la silhouette monstrueuse du RDP-94 s'inclinait dangereusement. Cette titanesque création n'allait quand même pas s'abîmer comme une vulgaire coquille de noix? La soute ne comprenait-elle pas des compartiments étanches devant garantir la flottaison?

Boutoumi se mit à nager comme s'il avait l'intention de battre le dernier record olympique. Cette course contre la mort dura de longues minutes avant qu'il ne se retournât, épuisé, pour voir le RDP-94, terrassé par un invisible ennemi, se coucher lentement sur le flanc.

Pour échapper aux remous de plus en plus violents accompagnant le naufrage (on ne pouvait plus parler d'autre chose), l'Ivoirien nagea avec l'énergie du désespoir en direction d'une chaloupe de sauvetage qui tentait, elle aussi, de se soustraire aux tourbillons. Lorsqu'il grimpa à son bord, ce fut avec un regard hébété et chargé d'incompréhension, semblable à celui de ses compagnons d'infortune, qu'il assista aux sursauts d'agonie du supertanker.

Lorsque la chaloupe se fut assez écartée de la zone du naufrage, l'eau avait déjà atteint le pont supérieur. Dans de puissantes gerbes d'écume, comme pour signifier sa réprobation, le RDP-94 disparut sous les flots.

3

D'étranges apparitions

Anne Granger Saint-Pierre avait des
ancêtres français. Au xviie siècle, ils étaient
partis de la Saintonge vers les terres vierges
du Canada, en compagnie d'autres immi-
grants, issus de Bretagne ou de Normandie.
En grande majorité, ces déplacements de
populations avaient répondu à un besoin de
gagner des territoires plus vastes pour y
réussir la vie. Derrière cela, il y avait eu,
bien sûr, la volonté des monarques d'alors
d'accroître leurs possessions. Ces ancêtres,
originaires de France, avaient vécu en
Acadie avant de se heurter à la colonisation
anglaise. Leur destin tragique, celui des
Acadiens, se termina par une déportation
vers l'Europe et la Louisiane. Des recherches
d'archives permirent à Anne Granger Saint-

Pierre de démontrer que ses propres ancêtres, après deux ans d'enfermement en Angleterre, avaient finalement regagné la France, en 1765, sur une petite île de Bretagne, où on leur alloua quelques lopins de terre. Quelques-uns y restèrent ; d'autres, lorsque l'époque devint moins troublée, retournèrent au Canada.

Anne Granger Saint-Pierre avait toujours affiché un intérêt certain pour l'histoire de ses ancêtres aventuriers. Lorsqu'elle s'était mariée, elle avait accepté le nom de son mari. Mais, en leur mémoire, elle avait accolé son nom de jeune fille, Granger, à celui de Saint-Pierre.

Quelques mois plus tôt, une lettre officielle lui était parvenue de France. Elle venait de l'office notarial de la petite ville de Palais, à Belle-Île-en-Mer, cette île bretonne où les Granger déportés s'étaient justement établis au XVIIIe siècle. Ce pli lui apprenait qu'elle était l'unique héritière d'une petite propriété familiale. Certains projets l'empêchant de se rendre sur place, et connaissant l'attrait de Laurent pour les voyages, il avait été décidé que celui-ci se rendrait en France pour remplir les formalités et voir de ses yeux l'héritage en question.

Belle-Île-en-Mer. Bretagne.

En cette soirée de septembre, la plage de Donnant offrait une ambiance calme et sereine. Le contraste était saisissant pour qui en connaissait la fréquentation l'été, au plus fort de la saison, à l'époque où des milliers de touristes, avides d'échapper aux miasmes de la vie courante, venaient s'y abandonner délicieusement pour quelques semaines de vacances.

Donnant était une des plus belles plages de Belle-Île-en-Mer, cette île sauvage mariée aux flots de l'Atlantique, à quinze kilomètres des côtes de la Bretagne sud. De tout temps, des hommes en avaient parcouru les chemins et les sentiers, vivant à l'abri de ses rochers et de ses falaises, tentant parfois aussi de se soustraire aux lois capricieuses du triumvirat de la terre, du ciel et de la mer.

Ce jour-là, des cohortes de vacanciers de tous les horizons ayant envahi successivement ses plages de sable fin et parfumé, il ne restait que quelques témoignages : un flacon de lotion solaire oublié dans un coin, la jaquette d'un livre emportée par le vent, quelques relents d'une drague-partie d'été, un brin de nostalgie... Le sable jaune, désert, s'étalait en largeur sur plus d'une centaine de mètres, bordé de part et d'autre par de hauts escarpements contre lesquels s'acharnaient violemment les vagues. Au milieu de la baie, les lames venaient mourir et renaître en de puissants rouleaux. C'était d'ailleurs un des attraits les plus caractéristiques de la plage, avec, peut-être, les dunes qui mouraient en bordure des terres, au sommet desquelles la vue était particulièrement splendide. Ces dunes faisaient partie d'un programme de sauvegarde du littoral, et, pour limiter le piétinement de la flore, une palissade en réglementait l'accès.

Le fait de trouver une habitation à leur pied était surprenant. Sans doute avait-elle bénéficié, à une époque passée, des négligences de l'administration. Aujourd'hui, elle semblait faire partie intégrante du décor, donnant l'impression de toujours avoir existé. Il s'agissait d'une grande maison bourgeoise, genre hôtel particulier, de plusieurs étages, où s'alignaient bon nombre de fenêtres condamnées par de solides

volets. Les murs, peints en blanc, ressor-
taient sur le vert tendre des tamarins et celui
plus foncé des pins délimitant le jardin.

Jadis, l'entrée de ce jardin avait été inter-
dite par un portail de bois ajouré.
Aujourd'hui, un des battants pendait sur ses
gonds rouillés, permettant ainsi un accès
facile. Le portail n'était d'ailleurs pas le seul
chemin de passage. À maints endroits, le
grillage de la clôture avait été défoncé ou
arraché. Cet état d'abandon était encore
accentué par l'absence totale d'entretien des
allées et des parterres, livrés depuis longtemps à eux-mêmes.

Bâtie dans la banlieue immédiate d'une
grande ville continentale, cette villa aurait
cessé de vivre depuis belle lurette, mais sur
ce site sauvage, malgré son aspect décati, on
pressentait en elle une volonté de braver les
ans et l'oubli. Peut-être tirait-elle sa force
des embruns qui ne devaient pas manquer
de l'assaillir les jours de grand vent.

« Robinson », clochard patenté, en avait
fait ses quartiers. On le rencontrait régulièrement dans l'île au détour d'un chemin
ou d'un sentier. Comme beaucoup, il était
devenu une victime de cette société indus-
trialisée à l'extrême, capable de gaspiller les

hommes autant que les énergies. Après avoir hanté les ruelles sombres d'on ne sait plus quelle ville, il avait décidé de changer d'air. Un jour, un peu par hasard, il avait pris le bac et fait la traversée. Depuis, l'île était devenue son nouveau domaine.

Robinson allait même parfois jusqu'à se sentir privilégié. En effet, beaucoup de touristes payaient un prix élevé pour pouvoir séjourner à Belle-Île, le temps de leurs vacances. Lui, il y vivait les douze mois de l'année. L'air du large et la douceur de l'hiver lui faisaient un peu oublier sa marginalité. Et puis, après tout, être clochard n'était pas à la portée de tout le monde. Ceux qui, par dédain ou volonté d'ignorance, sous-estimaient la profession, n'avaient qu'à essayer.

Ce soir-là, Robinson recevait la «Marquise des Anges». Sans doute n'était-ce pas là le vrai nom du mannequin en carton-pâte, trouvé un jour de bourrasque en bordure d'une route, attablé en face de lui à l'ombre d'un massif d'airelles, mais il s'en fichait. Robinson n'était pas son vrai nom à lui non plus, alors qu'est-ce-que ça pouvait bien faire que la Marquise n'en soit pas une? Le principal, c'est qu'elle était jolie.

D'ailleurs, il avait toutes les peines du monde à éviter du regard l'échancrure du décolleté de la robe à rayures rouge et blanc qu'elle portait, une robe comme seule une Marquise pouvait s'en offrir une.

Pour cette raison, il avait dû, lui aussi, se mettre sur son trente et un : des souliers pas tout fait de la même teinte ni de la même pointure, mais en cuir parfaitement vieilli, un pantalon bouffant en tergal noirci qu'il valait mieux éviter d'enfiler les jours venteux tant il était bouffant, une veste dont les coloris restaient un mystère (c'était ce qui en faisait le prix) et une chemise couleur «vécu», le tout en provenance directe de Chubiguer[1], où il avait sa boutique de prêt-à-porter.

Le clochard s'éclaircit la voix pour dissimuler l'émotion qui l'étreignait depuis que la Marquise s'était installée à la table.

— Hum... hum... Puis-je vous offrir une clope... pardon, une cigarette, très chère ? Vous ne fumez pas ?... Vous avez parfaitement raison, c'est mauvais pour le soufflet, enfin, je veux dire, les bronches.

---

1. Chubiguer : village à proximité duquel est située la décharge à ordures locale.

43

Il avança le visage (ce qui fit ressortir la couleur bizarrement hâlée de sa peau) vers une coquille de crabe vide qui faisait office de chandelier, alluma sa Camel maison sans filtre, tira une bouffée avant d'expectorer un nuage nauséabond dont l'odeur fit songer à tout, sauf à celle du tabac.

— Cet endroit, cette demeure, ce jardin… N'est-ce pas charmant, très chère ? J'ai toujours réussi en affaires.

Profitant de ce que la Marquise avait le visage tourné vers la côte, il vida d'un trait le verre de vin posé devant elle, un rouge à ce point millésimé qu'il devait être capable de récurer les éviers, et auquel elle n'avait pas encore osé toucher. Il s'empressa alors de s'excuser auprès de son invitée :

— Mais où ai-je la tête ? Votre verre est vide. Ne bougez pas, j'avertis le somme-leur… ou le sommeilleur… Enfin, l'auber-giste, quoi !

D'un pas quelque peu incertain, Robinson prit la direction d'une remise dont la porte avait été forcée. Un tour dans un sens, un autre en sens contraire, et il mit la main sur une nouvelle bouteille frappée des quatre étoiles. Il ôta la capsule de plastique, porta avidement le goulot aux lèvres tout en jetant un coup d'œil vers la Marquise. Lorsque le litre fut aux deux tiers vide, il avait acquis la certitude que le vin ne présentait aucun goût de bouchon. Il s'agissait de bonnes manières pratiquées dans le grand monde, il s'en souvenait. Robinson prit encore le soin de se gratter furieusement le coccyx avant de rejoindre son invitée. Au passage, il invectiva l'orchestre, en réalité, une radio si vieille qu'elle avait dû retransmettre en direct l'appel du général de Gaulle aux Français, le 18 Juin 1940. Le coup de pied bien ajusté fit jaillir du haut-parleur une valse nasillarde.

— Me ferez-vous l'honneur, très chère ? dit-il en s'inclinant dangereusement vers sa compagne.

Le silence de la Marquise fut sans doute pris pour un acquiescement, ce qui encouragea Robinson à la prendre par la taille et à l'entraîner sur la terrasse.

Curieux spectacle que ce duo enlacé auquel assistaient deux ou trois mouettes rieuses venues picorer sur le sable. Insolite également ces lentilles de lumière, surgies du large et convergeant vers la plage. Le crépuscule naissant les faisait ressortir sous la surface de l'eau. Par moments, lorsque déferlait une vague, elles disparaissaient, mais uniquement pour mieux réapparaître l'instant d'après.

Tout à coup, d'étranges protubérances leur succédèrent. De formes hémisphériques, elles se métamorphosèrent peu à peu en excroissances oblongues, puis en corps chassieux d'où partaient quatre membres.

Un peu plus loin, en provenance de la villa, résonnaient toujours des bribes de valse viennoise qui, de quatre temps, s'était transformée en valse à mille temps. C'en fut trop pour la Marquise qui « valsa » vers l'infortunée radio, l'envoyant du même coup rejoindre ses ancêtres. Robinson, de son côté, atterrit au milieu d'un plat de moules, balayant aussi sec cuvée millésimée, chandelier, chaises et couverts.

À la musique populaire autrichienne succéda un silence bienfaisant, à peine troublé par le murmure de la mer. Pourtant, en prêtant une oreille plus attentive, il était possible d'y déceler un curieux martèlement, vaguement écœurant, un peu comme celui d'une armée de grenouilles en marche.

Empêtré sous la haie d'airelles, au milieu du festin accidentellement interrompu, le clochard ne lésina pas sur les jurons. Ce qu'il vit alors, le rendit muet sur-le-champ. Venue de la plage, une foule nombreuse se mettait à envahir le jardin de l'hôtel.

En dépit des trois litres ingurgités au cours de la soirée, Robinson avait gardé une étincelle de lucidité. Elle se manifestait en ce moment par une petite voix intérieure : « Bouge pas, fils ! Bouge surtout pas ! Ces lascars-là seraient bien capables de te faire passer pour toujours le goût du vin ! »

Devant la fente de ses paupières à peine entrouvertes, les êtres soudainement apparus allaient et venaient d'un pas quelque peu hésitant, comme s'ils étaient ivres. L'obscurité tombée depuis plusieurs minutes l'empêchait de les détailler d'une manière précise. Ils semblaient avoir deux bras, deux jambes... Une tête aussi, mais pas de cheveux ; à moins que ceux-ci n'aient été ras. Progressivement, cependant, une lueur verdâtre, surgie de nulle part, dissipait les ténèbres. Après réflexion, Robinson comprit que cette lumière étrange, phosphorescente, était émise par le corps des étranges créatures. À ce moment-là, une vague d'épouvante venue du fond de ses entrailles le submergea.

— Des poissons ! murmura-t-il. Des poissons qui marchent !

Pendant une fraction de seconde, le clochard se demanda si ce qu'il voyait était réel, ou simplement une hallucination due à la dernière bouteille qu'il avait goûtée avant de rejoindre la Marquise. Mais la scène paraissait à ce point authentique que l'épouvante ne quitta pas son esprit. Le profil des visages s'apparentait tellement à celui de têtes de maquereaux que les nerfs du pauvre homme furent bien près de lâcher. La peau était tendue, d'un aspect luisant, tachetée de noir, étirant vers l'arrière les yeux, le nez, quasi inexistant, et la bouche, fendue comme par un coup de rasoir. Aucun pavillon d'oreilles n'était visible. Quant à leurs corps, ils semblaient recouverts d'une combinaison souple, translucide, à travers laquelle s'échappait la phosphorescence. Au niveau du sol, des pieds émergeaient de cette combinaison, larges et palmés.

Le clochard n'était pas encore au bout de sa surprise. Au milieu des monstres surgit soudain la plus attirante des fées. Elle était jeune, une véritable princesse, à coté de qui la Marquise aurait fait piètre figure. Sa chevelure bouclée, étonnamment longue, ornementée de brillants jetant mille feux, paraissait composée de fils d'or.

Habitué depuis longtemps à la solitude et aux plaisirs inaccessibles, Robinson n'en avait pas pour autant perdu la notion du beau. Bien sûr, l'été sur les plages où bronzaient de splendides créatures, il lui était possible de se rincer l'œil. Mais aucune n'aurait pu se comparer de près ou de loin à celle qui évoluait devant lui. Malgré la combinaison qui l'enveloppait des pieds à la tête, les formes de son corps étaient à ce point parfaites que, pour un peu, il en aurait oublié sa frousse.

Durant plusieurs minutes encore, au cours desquelles aucune parole ne fut échangée, les êtres mystérieux visitèrent les abords de la villa. Puis, répondant à un ordre muet, tous se retirèrent vers la mer.

Ce n'est qu'un bon laps de temps après, lorsque tout fut redevenu calme, que le clochard se décida à émerger de la haie d'airelles. Un coup d'œil audacieux par une trouée du feuillage. Plus aucune présence ne semblait troubler la quiétude de la plage, mis à part celle des mouettes rieuses ayant repris leur ballet nocturne.

— Par Saint-Émilion[2] ! jura-t-il. Tu te mets à déconner sec de la citrouille, mon gars ! Des maquereaux qui marchent, maintenant !

Mû par une panique rétrospective, le clochard bondit vers la remise, rassembla à la hâte ses effets et sortit du jardin avant de se lancer sur la route du bourg.

Derrière lui, sur la côte, la dernière des lentilles lumineuses venait de disparaître sous les flots.

---

2. Grand vin français de Bordeaux.

4

Une drôle d'histoire

Quelques semaines après l'anniversaire
de Marine, Laurent Saint-Pierre et son
nouvel ami Keewat avaient pris l'avion pour
la capitale française, Paris. Le temps pour
eux de récupérer les motos envoyées auparavant par bateau et leurs maigres bagages,
ils avaient foncé vers la Bretagne. Cela faisait plusieurs jours maintenant qu'ils étaient
arrivés à Belle-Île-en-Mer.

La nuit était tombée depuis plusieurs
heures lorsque le *Cygnus I* rentra à Palais. À
droite, la vieille citadelle, témoin vivant du
passé historique de l'île, dressait fièrement
ses hautes murailles, avec, au sommet, les
mâts du belvédère. En grande partie

restauré, cet imposant édifice était devenu propriété privée, mais cela ne l'empêchait pas d'être ouvert au public, abritant même au sein de ses murs un important musée. Lorri et Keewat l'avaient visité.

Le *Cygnus I* était un sloop de plus de dix mètres, un Sun Odyssey 36, qui, à l'achat, devait coûter une jolie petite somme. Ses lignes, particulièrement fluides malgré la large jupe arrière, faisaient de lui un navire à l'esthétique très réussie. Il faisait partie de ces voiliers à vocation hauturière, utilisés pour le charter et capables de croiser par tous les temps et sur toutes les mers du globe.

Sur le pont, étudié pour simplifier au maximum les manœuvres, les deux amis se préparaient à accoster. Laurent Saint-Pierre, occupé à barrer, était simplement vêtu d'un pantalon de toile et d'un polo de coton blanc peigné sous lequel jouaient des muscles développés, longs et fermes comme ceux d'un jaguar. Keewat, dont c'était le tour à jouer le rôle d'équipier, vérifiait la disponibilité des défenses et des aussières. Comme pour son compagnon, le tissu léger de ses vêtements, tee-shirt et jeans, laissait deviner de puissants muscles.

Laurent dirigea le *Cygnus I* vers le ponton flottant, là où étaient également amarrés quelques dériveurs. Pour l'accostage, la grand-voile et le foc avaient été soigneusement repliés et rangés dans leurs logements respectifs. Sous l'action du moteur tournant au ralenti, le *Cygnus I* vint mourir délicatement entre les corps-morts d'amarrage.

Laissant à son ami le soin de fixer solidement la coque, Lorri disparut à l'intérieur du cockpit. Grâce à une bonne carte côtière achetée sur place, la croisière que les deux garçons venaient d'effectuer avait consisté en un tour de l'île. Depuis Le Palais, ils étaient partis nord-nord-ouest, vers le lieudit « La Pointe des Poulains », avant de redescendre au sud-ouest pour une partie de pêche au large. Après plusieurs heures passées au soleil, rythmées par les cris des goélands et des puffins, ils avaient attrapé une daurade et deux orphies. Le voilier avait ensuite repris sa course en longeant la côte sauvage avant de regagner son point de départ.

L'éclairage harmonieux du carré illuminait avantageusement la décoration intérieure. Lorri s'y sentait bien. Pour l'avoir pratiquée depuis plusieurs années déjà, dans le golfe du Saint-Laurent, le Québécois connaissait la voile. Il avait décidé Keewat d'investir une partie de leur prime, gagnée au tir à l'arc, dans la location du voilier. L'Amérindien, qui ne roulait pas sur l'or, avait d'abord hésité. Puis, par insouciance, il avait finalement accepté. Après tout, la vie était faite pour être vécue, et mieux valait en profiter.

Se conformant aux dispositions usuelles de sécurité, Laurent rangea soigneusement tout ce qui pouvait l'être à l'intérieur des logements prévus à cet effet. Le cas échéant, le *Cygnus I* serait fin prêt à reprendre la mer. Il se laissa ensuite tomber sur un des sièges de cuir. Keewat vint le rejoindre.

— Amarrage terminé, *my friend*!

Lorri hocha la tête, émergeant doucement de la rêverie où ces quelques minutes de temps mort l'avaient plongé. La vie, parfois, pouvait être agréable. Une scolarité réussie, une famille unie, des vacances qui avaient un parfum d'aventures en compagnie de Keewat, que le voyage depuis Québec lui avait permis de mieux connaître et qui, maintenant, était devenu son grand ami et avec lequel il pouvait échanger des idées… Sans oublier ces quelques jours passés en France, dans cette petite île, véritable havre de paix et terre de ses ancêtres... Cet instant de bonheur méritait d'être pleinement savouré.

— J'ai une de ces soifs ! J'ai repéré un bistrot *cool*, le Cormoran. Je t'invite, si ça te dit..., proposa Keewat.

Lorri jeta un coup d'œil rapide à l'horloge de bord, fit la moue et répondit :

— Va pour le Cormoran.

Ils prirent place à bord de la petite annexe gonflable, opération qui se révéla quelque peu hasardeuse, à cause de leur poids, mais qui leur permit d'accoster à pied sec, sous le regard curieux de quelques touristes attardés, plus attirés sans doute par le hors-saison que par les bousculades et la cohue d'été.

Le Cormoran était situé à l'entrée de l'arrière-port, à l'angle d'un quai, face à la citadelle, au bas de laquelle, sagement ancrés le long du môle nord, les deux bacs dormaient sur leur écrin de liquide. Les lumières rouge et verte des phares de jetées s'y reflétaient dans un inlassable dialogue. Lorsqu'ils pénétrèrent dans le pub, quelques pêcheurs discutaient jovialement. Dans un coin, trois habitués s'acharnaient sur un *baby-foot*.

Un homme âgé leur avait emboîté le pas.

— Jean-Christ Granger ! s'exclama un des marins en reconnaissant le nouvel arrivant. Comment vas-tu ?

Bien vite, en suivant la conversation malgré lui, Laurent apprit que le vieil homme était surnommé «l'avocat» en souvenir de l'époque où il parcourait les villages de l'île en tant que médiateur lorsque certaines affaires locales opposaient leurs habitants. Son verbe vif et loquace avait contribué à la naissance de ce surnom. Aujourd'hui, Jean-Christ Granger, âgé de soixante-quinze bonnes années environ, devait avoir conservé ce titre, manifestement à cause de son habitude évidente à vouloir tout expliquer par de longs plaidoyers. Lorri avait remarqué que le vieil homme portait le même nom que sa mère, Anne, et que, par conséquent, il était possible que ses ancêtres fussent également Acadiens. Y avait-il alors entre eux un lien de parenté ?

Décidé à engager la conversation, Laurent avança vers le bar.

— Excusez-moi, vous vous appelez Granger, n'est-ce pas? Ma mère est également une Granger. Nous avions de la famille, ici. Vous êtes peut-être un de nos cousins éloignés.

— T'es pas d'ici, mon gars, dame non! T'as un drôle d'accent quand tu causes.

— Je viens du Québec, avoua Lorri avec un sourire. Mon nom, c'est Saint-Pierre. Laurent Saint-Pierre. Mon copain assis là-bas, c'est Keewat, un véritable Amérindien. Nous sommes en vacances.

— Nous, c'est Hervé Lefaou et Jean Kerlann, firent les deux marins. Tu es certainement Acadien... Granger, c'est courant ici, et c'est acadien.

— T'as vu juste, petit, reprit Jean-Christ Granger. On est certainement cousins... Joss! Ça s'arrose!

— C'est notre tournée, messieurs, proposa Lorri en invitant Keewat à se joindre à eux. Que buvez-vous?

Le marin Kerlann montra les verres sur le comptoir.

— C'est irlandais... De la Guiness.

— Guiness pour tout le monde, commanda Laurent.

Un des hommes pointa l'index sur le récipient de plastique blanc que Keewat avait en main.

— Que tiens-tu de la sorte, mon gars?

— Un bon repas pour demain, répondit l'Indien en montrant les deux orphies et la daurade.

— Belles prises, reconnut Jean Kerlann.

Lorsque les boissons furent distribuées et que chacun eut goûté à la bière irlandaise, la conversation reprit de plus belle.

— Comment va la pêche, en ce moment? demanda Joss.

Lefaou s'essuya la bouche d'un revers de main en dodelinant de la tête.

— Difficile! À Belle-Île, ça pourrait encore aller. Mais à Lorient, les copains ne sont pas à la fête.

— Dame oui! appuya Kerlann. Et ces maudits Espagnols qui viennent nous piquer le poisson jusque dans nos filets! Remarquez, un de leurs chalutiers est passé de vie à trépas pas plus tard que la semaine dernière... Avec tout l'équipage... Dieu recueille leurs âmes!

— Il n'y a pas que les Espagnols qui perdent des bateaux en ce moment, reprit Lefaou. Le *Breitz* de Lorient a également sombré corps et biens.

— Ouais ! J'ai même entendu parler du naufrage d'un pétrolier géant au large de l'Afrique. Parait que la mer était tranquille... Heureusement que les cales étaient vides. Sans cela, bonjour la marée noire !

— « Qui sème le vent récolte la tempête », sermonna Jean-Christ Granger. La mer en a marre d'être prise pour une poubelle et de se faire piller. Elle se venge.

— Elle pourrait épargner nos camarades, fit Lefaou. Les pêcheurs ont besoin de la pêche pour vivre !

— La pêche ? Quand elle est faite intelligemment, il n'y a pas de problème. Seulement, aujourd'hui, il en faut toujours plus ! « Tant va la cruche à l'eau qu'elle finit par se briser... »

— Tout ça, c'est la faute des politiciens et des accords internationaux, ajouta Kerlann.

— Surtout celle de la folie des hommes, intervint Keewat en reposant sa chope vide. Le monde industrialisé est un ver dévoreur en train de se mordre la queue, avec laquelle il va s'étouffer ! *Ghu-tuwé*, le ver géant !

Laurent écoutait d'une oreille attentive les propos animés des insulaires. Sans tomber dans un fatalisme excessif, ils étaient fondés. Jamais, en dépit du progrès, la vie dans les sociétés modernes n'avait été aussi difficile à mener. Du haut de ses vingt ans, l'image qu'il se faisait de l'humanité était celle d'une vis partie de travers en train d'être serrée. Le seul moyen d'empêcher qu'elle ne se bloque définitivement, c'était de faire marche arrière. L'évidence même. Mais combien s'entêteraient encore à poursuivre le mouvement ? Et les spéculateurs, les tyrans de l'économie, et tous ceux qui, animés d'un appétit cupide, s'enrichissaient sur le dos des autres, accepteraient-ils un jour de mettre un frein à leur boulimie de fric ? Au Québec ou ailleurs, c'était bien la même chose.

Sur ce tableau obscur apparaissaient quand même quelques timides taches de lumière, des gens formidables, «décidés à s'asseoir par terre», le regretté Cousteau, le professeur Jacquard dont il avait lu tous les ouvrages, et d'autres encore qui n'hésitaient pas à s'opposer au rouleau compresseur de l'économie mondiale. Mais leurs piaillements restaient encore ceux d'oisillons face à des barrissements d'éléphants.

Une deuxième chope venait d'être servie lorsque la porte d'entrée s'ouvrit sur un nouvel arrivant. Joss poussa de grands cris en le reconnaissant. Régulièrement, il devait l'expulser du bar pour ardoises impayées.

— Robinson, encore toi !

— À boire, Joss... Je les ai vus... Des monstres... Des maquereaux avec des bras et des jambes... Ils étaient sur la plage, aussi sûr que je vous vois, par tous les saints !

— C'est ça, railla le tenancier en s'avançant, menaçant, vers le clochard. Pouah ! Tu pues encore autant qu'un casier du siècle dernier !

— J'te jure, Joss. Je les ai vus... Même qu'il y avait une princesse avec eux... À Donnant.

— Combien de litres tu as encore consommés au cent, hein ?

— Attendez un peu, intervint Lorri en voyant le visage affolé du pauvre diable. Laissons-le se calmer et s'expliquer plus clairement.

— Des balivernes, mon gars, rien que des fadaises, tu peux me croire. Il a encore bu jusqu'à se noyer !

— Offrez-lui une Guiness, fit Keewat. C'est ma tournée, et un verre de plus ou de moins... Ça devrait l'aider à revenir sur terre.

— Plutôt un bon seau d'eau à la figure, oui, ajouta le tenancier.

Sans se faire prier, Robinson bondit vers le bar, saisit à pleines mains la pinte de bière irlandaise et la vida aux trois quarts d'une seule lampée.

— Alors, comme cela, ils avaient des bras et des jambes ? demanda Laurent Saint-Pierre.

— Sûr, patron. De vrais monstres, et lumineux comme des lanternes !

— Raconte-nous ton histoire depuis le début, fit à son tour Keewat, amusé par le drôle de parler du bougre.

Robinson avala d'un trait le fond de sa pinte, émit un rot à peine dissimulé.

— J'avais invité la Marquise...

— La Marquise ? coupa Lorri.

— Une amie à moi... pouvez pas saisir... J'avais invité la Marquise et je l'avais entraînée sur la terrasse pour guincher un brin, histoire de digérer les moules, vous comprenez ?

— Je comprends, fit Lorri.

— Nous comprenons, surenchérit Keewat.

— La Marquise, elle, n'a pas l'habitude de trinquer. Aussi, la valse, elle a pas supporté

62

longtemps. Un faux pas, et elle s'est ratati-
née sur l'orchestre, m'envoyant de mon côté
dans la haie... Et je les ai vus... là... Z'étaient
là... Des monstres, une centaine... Venaient
de la mer... Des têtes de maquereaux, des
pieds de grenouilles... Ils étaient lumineux
comme des lucioles !

— Et qu'est-ce qu'ils t'ont dit ? s'inquiéta
l'Amérindien sans perdre le moins du
monde son sérieux.

— Zéro ! Muets comme des carpes.

— Comme des maquereaux, tu veux
dire, corrigea Laurent.

— J'osais pas remuer d'une puce !

— C'est pas comme celles qui se
baladent en ce moment sur le comptoir,
laissa tomber Joss d'un air dégoûté.

— Et la princesse ? Que faisait-elle au
milieu de ces monstres ? demanda encore
Lorri.

— Oh ! elle était belle comme une fée...
À vous dessoûler un ivrogne...

— T'aurais dû la regarder plus
longtemps, railla encore le tenancier.

— Et ensuite, que s'est-il passé ?

— Sont tous repartis à la flotte... Aussi
sec !

À ce moment, le clochard fit claquer sa langue à plusieurs reprises, mimique on ne peut plus significative.

— Tu n'auras plus une goutte à boire, Robinson, fit Joss d'une voix bourrue. T'as assez raconté d'histoires à dormir debout.

Lorri et Keewat échangèrent un clin d'œil complice.

— Vous ne croyez pas ce que j'vous dis, éclata soudain le clochard en agrippant le bras de Keewat. Faut me croire... Je peux vous montrer. À Donnant!

Laurent fixa le pauvre diable dans les yeux. Sous son regard embrumé par la consommation excessive d'alcool, il put lire une réelle angoisse.

— Nous allons te raccompagner, décida-t-il brusquement. Après tout, une petite balade sur la côte ne peut pas nous faire de mal. Je vais chercher la moto. Tu viens, Keewat?

— OK! On y va!

Laurent Saint-Pierre se demanda malgré tout s'il était bien raisonnable de prendre au sérieux les élucubrations d'un ivrogne professionnel. Pourtant, une petite voix intérieure le poussait à se rendre à ce lieu appelé Donnant. La petite voix de l'aventure.

5

Cap au large

La Kawasaki de Laurent était une véritable bombe. Propulsé par un moteur avoisinant les 100 CV, l'engin ne mit qu'un laps de temps très court pour rejoindre la plage appelée Donnant, sur la côte ouest de l'île. Malgré son âge vénérable, la Harley de Keewat avait réussi à suivre.

De toute évidence, Robinson venait de subir son baptême de la moto.

— Sacrée bécane, patron ! fit le clochard, tout émoustillé, en mettant pied à terre avec difficulté.

— Nous y voilà, Robinson. Montre-moi l'endroit où ont surgi ces terribles monstres.

— Par ici, patron. Ils étaient tout autour de c'te bicoque.

— Tu veux dire cette grande demeure que nous apercevons ? demanda Lorri en désignant l'espace devant eux.

— Pour sûr, patron. Une centaine, avec la princesse !

Les deux compagnons emboîtèrent le pas au clochard et se glissèrent dans le jardin. Le seul lampadaire existant ayant cessé de fonctionner depuis des lustres, l'obscurité était profonde. Laurent y remédia grâce à une mini-torche électrique qu'il prit sous la selle de la moto. Au-dessus de leurs têtes, le scintillement des étoiles restait invisible. Une brume de chaleur opacifiait sans doute le ciel. Par moments, couvrant le murmure des vagues, retentissait au loin le cri perçant d'un goéland en mal de sommeil. La première chose que révéla la torche, ce fut la tache claire du mannequin en carton-pâte.

— Qu'est-ce que c'est ? demanda Laurent.

— Vous en faites pas pour elle... C'est la Marquise. Doit roupiller à cette heure... Sont venus de par là.

Lorri esquissa un sourire, braqua la torche vers une allée bordée de tamarins avant de se mettre à inspecter le sol à la

recherche d'un quelconque indice susceptible d'étayer l'histoire invraisemblable du
clochard. Au bout de quelques minutes,
cependant, il n'avait rien trouvé qui eût pu
atténuer l'impression qu'il était en train de
perdre son temps.

— Pas évident ton...

Le visage tendu de Keewat l'empêcha de
poursuivre. Manifestement, son ami sentait
quelque chose.

— Qu'y a-t-il, Keewat ? Tu as aperçu un
esprit ?

Sans répondre à la question, l'Amérindien s'élança brusquement à travers la haie
en direction de la plage.

— Suivons-le, proposa Lorri.

— Pas prudent, patron ! fit le clochard
en se résignant malgré tout à suivre le jeune
homme dont il préférait la compagnie plutôt
que le silence inquiétant du jardin.

Pour accéder à la mer, ils traversèrent
une zone de végétation rase parsemée
d'oyats, au milieu de laquelle serpentait le
cours boueux d'une source, probablement
située plus en amont.

Laurent Saint-Pierre s'arrêta net. La
torche venait de révéler d'étranges empreintes sur le sol. Elles ressemblaient à

celles qu'aurait pu laisser un groupe de plongeurs équipés de palmes. La mer étant à une centaine de mètres, qui aurait eu l'idée farfelue de ne pas ôter ses palmes pour traverser la plage?

En étudiant plus attentivement lesdites empreintes, il remarqua que leurs extrémités présentaient de curieux effilements.

— Bizarre. On dirait des griffes.

— C'que je vous disais, patron. C'est leurs pieds... Comme ceux des grenouilles, que je vous avais dit!

Sans prendre les affirmations du clochard pour argent comptant, Lorri devait bien reconnaître que ces empreintes étaient pour le moins étranges. Et en rejoignant Keewat un peu plus loin, il en découvrit d'autres. L'Indien devait avoir la faculté de voir dans la nuit. Il regardait fixement vers le large.

— Qu'as-tu donc vu pour être inquiet de la sorte? demanda Lorri en braquant la torche devant eux.

Essoufflé comme s'il venait de parcourir un marathon, Robinson surgit de l'ombre.

— Ben, faut vous suivre, les gars! se plaignit-il en haletant.

— *Inkpanzé olé*, murmura Keewat, *magie*...

— Que veux-tu dire, mon vieux ?

— Je ne sais pas bien... Il y avait quelque chose, je l'ai senti...

— Et les traces, patron ? Vous les avez vues, hein ! Des maquereaux... Ils marchaient, j'vous dis !

Durant de longues minutes encore, Laurent scruta la mer, où, dans un va-et-vient répété, de puissants rouleaux venaient se fracasser sur le sable en rugissant. Mais à part ce phénomène naturel, il ne vit rien d'autre. Réaliste, il décida :

— Pour ce soir, mieux vaut rentrer. Il se fait tard et j'entends Morphée qui arrive à grands pas.

Robinson se retourna vivement, à la recherche de cette Morphée dont venait de parler le jeune étranger.

— Où qu'elle est ?

— Que veux-tu dire ?

— Ben, Morphée ? Je la vois pas...

Laurent éclata de rire et invita le clochard à regagner la Kawasaki. Quelques minutes plus tard, ils roulaient à allure réduite vers la commune de Le Palais.

— Que faisais-tu avant d'être... clochard ? demanda Lorri qui, parce qu'il le trouvait de plus en plus sympathique, continuait à tutoyer son passager. Je suppose que tu n'as pas choisi la situation dans laquelle tu te trouves aujourd'hui.

— Sûr que non, patron... Il n'y a que les riches qui en ont marre d'être riches et qui sont clodos par vocation. Dans l'temps, je travaillais à droite et à gauche sur le continent... Des p'tits boulots, vu que j'ai pas été longtemps à l'école. Et puis, d'un seul coup, zic ! Plus rien ! Que dalle ! La crise, qu'ils disaient. Partout l'même refrain... Mais je me fais pas trop d'soucis, vu qu'y parait qu'au club, on est de plus en plus nombreux.

— Et maintenant, que pouvons-nous faire pour toi ?

— Ben, si vous aviez quelques piécettes, ce serait pas d'refus !

Après un moment d'hésitation, Laurent plongea la main dans une de ses poches, en extirpa un billet de cent francs qu'il tendit au clochard.

— Essaye de faire un petit effort, hein... ne le bois pas entièrement.

— Oh ! les nuits sont parfois crues, tu sais, mon gars. Alors, faut que je me réchauffe.

Un silence s'installa entre les deux hommes tandis qu'apparaissaient les premières lumières de l'arrière-port. Lorri désigna la forteresse, sur le quai opposé.

— Beau bâtiment !

— Je connais. M'arrive d'aller crécher par là, de temps en temps.

Le garçon réfléchit quelques secondes.

— Je suppose que tu sais faire autre chose que de servir de gigolo à la Marquise ? Ma mère a hérité d'une petite propriété... Elle demande pas mal de réparations... Keewat et moi, nous tentons de l'aménager un peu... Tu pourrais nous donner un coup de main ?

— Alors là ! Pour sûr, patron. La Marquise, c'est pour quand j'invite du grand monde... Histoire de ne pas oublier le protocole avec les dames, comprenez. Mais je sais me servir d'mes bras quand je veux !

La Kawazaki stoppa à hauteur du Cormoran. À travers les vitres, Laurent reconnut les silhouettes de son cousin éloigné et des marins pêcheurs. La discussion n'était pas terminée.

— La maison est située à Kermagor, sur la côte, près du bourg appelé Sauzon. Tu sais où ça se trouve ?

— Ne vous en faites pas, patron. J'connais cette île comme le cul d'une bouteille ! Mais... pour le job... parliez sérieusement ?

— Pour sûr, Robinson. Passe nous voir dans une bonne dizaine de jours, je te montrerai. D'ici là, essaye de ne pas trop regarder les culs de bouteilles, comme tu dis !

Le clochard hésita avant de saisir la main que lui tendait son interlocuteur. Qui était ce jeune homme au regard si bleu, si réconfortant, capable de faire renaître en vous l'espoir que vous aviez perdu depuis si longtemps ?

— Euh... votre matricule, c'est quoi ?

— Saint-Pierre... Laurent Saint-Pierre. Mes amis m'appellent Lorri.

Le lendemain, après une nuit revigorante, Lorri et Keewat se retrouvèrent à l'extérieur de la demeure, sur une épaisse terrasse de schiste bâtie dans un coin abrité du jardin. Ils s'attablèrent devant un copieux petit déjeuner.

— Je me demande s'il faut prendre les bobards de ce malheureux Robinson au sérieux ? fit le jeune Québécois en avalant un morceau d'œuf cuit, aussi large que la moitié de la main. Les empreintes aperçues sur le sable sont plutôt étranges. Je n'en ai jamais vu de semblables, et la comparaison avec des pieds de batraciens n'est pas aussi ridicule qu'elle en a l'air...

— Tu sais comme moi que les grenouilles ne vivent que dans l'eau douce. Sans compter qu'une grenouille chaussant du quarante-deux... Notre ami Robinson se sera cogné le cabochon un peu trop fort, tout simplement.

— Hier, tu n'avais pas l'air aussi affirmatif, non ? Tu me faisais penser à un loup sur la trace d'un orignal !

— Je ne sais pas... J'ai dû me tromper.

Laurent suivit des yeux un couple de goélands qui regagnait la côte. La journée s'annonçait prometteuse pour l'expédition en mer qu'ils avaient projetée.

— Après tout, tu as raison. N'y pensons plus. Voyons plutôt ce que dit la presse locale.

Un article du journal *Vent d'Ouest* retint
immédiatement l'attention de Lorri :

NAUFRAGES INCOMPREHENSIBLES, LA SERIE NOIRE CONTINUE

*Il y a une semaine, nous relations le
tragique destin des chalutiers* San Pedro *et*
Breitz. *Simultanément, c'était un supertanker, le RDP-94, qui sombrait sous les
flots. À ce sujet, une enquête est ouverte
pour déterminer les causes du naufrage.
La vitesse avec laquelle s'est abîmé le
pétrolier reste une énigme. La compagnie,
propriétaire du navire, a décidé d'envoyer
une mission de reconnaissance sur les
lieux du drame. D'ores et déjà, nous pouvons penser que de nombreuses difficultés
attendent la mission. En effet, le RDP-94
reposerait à plus de trois mille huit cents
mètres de fond, au large des côtes du
Sénégal. Mais revenons à l'incompréhen-
sible série noire qui touche les nombreux
bâtiments sillonnant toutes les mers du
globe. Hier, au large de la Norvège, le
cargo* Yamazitsu, *chargé de récupérer des
déchets radioactifs en provenance de
l'usine de traitement de La Hague, a
également sombré corps et biens. La*

météo ne faisait mention d'aucun mauvais
temps qui pourrait expliquer le naufrage.
L'hypothèse d'un sabotage par une orga-
nisation écologiste n'est pas exclue. Mais
signalons qu'une catastrophe bien plus
grande a été évitée de justesse. En effet,
que serait-il advenu de la cargaison si le
Yamazitsu avait sombré sur le chemin du
retour vers le Japon, les cales bourrées à
craquer de déchets radioactifs ? Malgré le
discours rassurant des spécialistes des
transports de produits dangereux, nous
frémissons en pensant à la pollution
dévastatrice qu'un tel accident aurait pu
occasionner. Une enquête a également été
ordonnée...

— Vraiment bizarre tout ça...

— Ch'que tu dis ? interrogea Keewat,
une tartine à la confiture dans la bouche.

— Ces naufrages successifs... Hier, c'est
un cargo japonais qui a coulé au large de la
Norvège. Comme dans le cas du pétrolier
géant, la catastrophe s'est produite lorsque
le navire était vide.

— 'Right, Lorri ! Vide ton sac.

— Tu te rappelles les paroles du vieil
homme, hier au Cormoran : « La mer se

venge »... Tout se passe comme si ces naufrages étaient le résultat d'une volonté propre, une volonté à la fois destructrice et protectrice... Les navires qui en sont victimes sombrent corps et biens, mais, chaque fois, une catastrophe encore plus grande est évitée parce que les cales sont vides au moment du naufrage...

Keewat se renversa sur son fauteuil de rotin.

— Tu as presque autant d'imagination qu'un Tchippewayan. Mais, pour les deux chalutiers, ton raisonnement ne tient pas la route : ils n'étaient pas sur le point de transporter des matières polluantes, comme dans le cas du pétrolier.

— C'est juste. Mieux vaut profiter de nos vacances sans se couper les cheveux en quatre. Rassemblons les provisions et allons rejoindre le *Cygnus* pour cette petite croisière dont nous avons parlé.

L'héritage d'Anne Granger Saint-Pierre était modeste : une petite maison du pays, bâtie sur quelques centaines de mètres carrés, dans un état proche de l'abandon. Il se dégageait pourtant des pierres composant les murs un sentiment d'authenticité capable d'en faire oublier la vétusté. À sept cents mètres à peine, il y avait la côte sauvage, désolée et grandiose.

À cause de l'épaisseur des murs, l'intérieur était de dimensions réduites : deux pièces au rez-de-chaussée, deux autres à l'étage, un grenier. Près de l'âtre, il y avait encore ce petit cagibi, « le trou à lande », où, jadis, on emmagasinait l'ajonc et la bruyère pour se chauffer[1]. Quant au confort, il se limitait à un cabinet de toilettes. Il n'y avait pas de salle de bains.

Lorri et Keewat avaient commencé les travaux par un nettoyage complet. Plus tard, entre les sorties en mer et la découverte des alentours, ils s'attaqueraient à la menuiserie.

Laurent trouvait la région charmante. Une différence frappante entre le Québec et la France : les distances. Chez lui, elles se comptaient en milliers de kilomètres. Ici, en centaines, et sur l'île, même pas en dizaines.

---

1. La lande : zone située entre la côte et les terres cultivées. Jadis, les habitants de l'île utilisaient ces arbrisseaux séchés comme combustible pour le chauffage ou la cuisine.

Belle-Île-en-Mer était un rocher de vingt kilomètres de long sur dix de large, battu par les flots. Le dépaysement était au rendez-vous.

Le périple côtier de la veille, auquel s'étaient livrés les deux amis, avait été une mise en condition pour la croisière qu'ils comptaient réaliser dès à présent. Ils s'étaient donné une quinzaine de jours pour effectuer un aller-retour entre les côtes bretonnes et le cap Vert, au large de l'Afrique. De quoi perfectionner leurs connaissances de la voile et de la mer si le besoin s'en faisait sentir.

Avant de laisser définitivement derrière lui les jetées de Palais, Lorri recueillit, grâce à l'ordinateur de bord couplé au système d'informations satellites PCM-SAT, les dernières prévisions météo pour les jours à venir. Aucun avis de gros temps n'étant signalé, c'est en toute sérénité qu'ils décidèrent de larguer les voiles.

— Paré à hisser, Keewat !

Sans avoir besoin de se consulter, la répartition des tâches à bord étant claire-ment définie, l'Amérindien gagna l'étrave pour gréer le foc. Laurent s'occupa de la grand-voile. Sous l'action de la brise, elle se

78

tendit aussitôt. Par une action sur les winches, le fasiement qui l'avait un moment saisie disparut rapidement.

« Cap au degré 140, et à nous le large ! » murmura-t-il non sans une certaine exaltation.

Chaque fois qu'il sentait l'étrave d'un voilier bondir sur la crête des vagues, une image lui venait aussitôt à l'esprit, celle des grands navigateurs partant à la découverte de Nouveaux Mondes. Parfois, il regrettait de ne pas avoir vécu à l'époque des pionniers, en reconnaissant toutefois que si tel avait été le cas, il ne serait plus là aujourd'hui pour savourer l'instant présent. Curieusement, le *Cygnus* portait le nom d'un vaisseau intersidéral parti à la conquête d'un trou noir, inventé par l'écrivain américain Alan Dean Foster. Le voilier, à l'instar du *Cygnus* d'Alan Dean Foster, ne serait-il pas bientôt lui-même, lorsque les côtes de France auraient disparu, un vaisseau perdu sur l'immensité de l'océan, naviguant au-dessus de gouffres insondables ou presque ?

Rapidement, grâce à la caresse complice du vent, le *Cygnus I* laissa sur bâbord les îles d'Houat et d'Hoëdic. Ce fut ensuite au tour de la pointe de Kerdonis, au sud de Belle-Île, de s'estomper dans les lointains, et, minuscule point blanc sur le bleu foncé de l'océan, le voilier se perdit à l'horizon.

6

Dans la brume

Paris. France

Six jours s'étaient écoulés depuis que Robinson avait assisté à l'étrange invasion des êtres amphibies sur la plage de Donnant. Depuis ces six jours, il s'en était passé des choses. À commencer, le soir même, par la rencontre avec ce jeune... comment déjà... Québécois, qui parlait bizarrement. Il lui avait promis un travail pour bientôt et n'avait pas hésité à lui avancer gracieusement un billet de cent balles. Ces cent francs, il n'avait pas juré de ne pas y toucher. Tout juste lui avait-il laissé sous-entendre qu'il ferait un effort pour ne pas les échanger trop vite contre plusieurs

81

verres de rouge[1]. Une idée lui était alors venue : s'il devait en finir avec sa vie de vagabond, puisqu'un avenir meilleur se présentait, autant le faire en beauté.

Ce soir là, sur les cent francs, quatre-vingts servirent à enterrer sa vie de clochard ; une avance en quelque sorte sur la joie d'un futur moins incertain. Le jeune Saint-Pierre avait d'ailleurs un regard trop franc pour qu'il eût pu lui mentir. Des yeux comme des vrilles capables d'aller explorer le fond de votre âme ! Pour cette raison, Robinson y croyait fermement à ce futur travail. Ce soir-là, également, il fut emmené au poste de Palais pour tapage nocturne.

Pourquoi se vanta-t-il de sa fantastique aventure ? Parce qu'il n'avait aucune raison de ne pas le faire. Les deux jeunes y avaient bien cru, eux. Peut-être que s'il avait su... Car tout s'était enchaîné très vite : l'arrivée quelques heures plus tard de types trop bien habillés pour être honnêtes ; la discussion en aparté avec le chef de poste ; le départ pré-cipité vers l'aéro-club de Bangor où attendait un gros hélicoptère de l'armée...

---

1. Vin.

Au bout du compte, il se retrouvait au milieu de gens inconnus, dans des bureaux inconnus, dans une ville inconnue.

Pour la dixième fois au moins, l'individu assis en face de lui, un homme d'une cinquantaine d'années au visage légèrement empâté et aux épais sourcils d'un gris acier, le pria de reprendre son histoire depuis le début. Pour la dixième fois, il s'exécuta. Et dire que Joss avait qualifié son histoire de fadaises ! Aujourd'hui, beaucoup de monde la prenait au sérieux. Du moins, c'est l'impression qu'il avait. Trop peut-être, car il commençait à se demander quand on le ramènerait à Belle-Île. Non pas qu'il fût mal traité, au contraire. Un bon lit, des repas à heures fixes, un garde du corps particulier... Il avait connu bien pire. Mais il se trouvait à l'étroit, et répéter depuis plusieurs jours le même discours aux mêmes personnes, ça devenait lassant à la longue.

L'inspecteur Charles Daubers de la D.S.T., Direction de la surveillance du territoire, l'homme qui l'interrogeait, appuya sur le bouton d'appel de l'interphone. Quelques secondes plus tard, le garde du corps chargé de l'encadrement rapproché du clochard fit son apparition.

— Vous pouvez le ramener, Lapierre.

Sans un mot, le fonctionnaire invita Robinson à le suivre dans le couloir. Lorsque les deux hommes eurent quitté la pièce, un deuxième personnage pénétra dans le bureau par une porte de service. Daubers le fixa dans les yeux avec une certaine animosité.

— Vous avez entendu ce que vous vouliez entendre ?

Il n'aimait pas beaucoup le nouvel arrivant. Tout ce qu'il savait de lui, c'était qu'il faisait partie du GERS, un groupement international d'études et de recherches spéciales, dont les pouvoirs semblaient illimités. Si la D.S.T. était un organisme reconnu pour agir régulièrement sous le secret d'État, que dire alors du GERS !

L'individu marcha vers la fenêtre. Il se retourna brutalement.

— J'ai entendu, en effet. Vous le gardez ici jusqu'à nouvel ordre, compris ?

— Compris... monsieur...

Daubers laissa volontairement sa phrase en suspens, persuadé qu'il n'obtiendrait pas de réponse. De fait, l'homme du GERS ne lui adressa même pas un regard en sortant.

De nouveau seul, l'inspecteur de la D.S.T. se demanda encore une fois quelle importance pouvait bien avoir le récit saugrenu, pour ne pas dire extravagant, d'un ivrogne. Les accidents en chaîne touchant le transport maritime, en particulier le naufrage du *Yamazitsu*, n'étaient-ils pas plus préoccupants que l'ensemble de ces témoignages de gens ayant cru apercevoir des créatures monstrueuses un peu partout le long des côtes ? À défaut d'objets volants non identifiés, le GERS accordait crédit à des soi-disant objets VOGANTS non identifiés ! Ah, le bon vieux temps ! Celui que l'on passait à contrer les Soviétiques... De l'histoire ancienne, malheureusement !

Daubers chassa de son esprit le GERS et ses enquêteurs fantômes. Pour lui, il n'y avait aucun rapport entre les témoignages recueillis sur les côtes et le naufrage du *Yamazitsu*. Ce dernier était tout simplement l'œuvre d'un groupuscule d'écologistes plus actif que les autres, voilà tout. Lorsque l'enquête aurait progressé, tout finirait par s'éclaircir. Pour ce faire, d'ailleurs, il comptait bien s'adjoindre l'aide d'Interpol. Quant aux élucubrations d'individus en manque de merveilleux, qu'ils aillent se faire pendre ailleurs ! Chez le GERS, par exemple.

Charles Daubers avait tort de prendre les activités du GERS à la légère. Commandité par un consortium international de hauts industriels et de banquiers prêts à investir leur argent dans tout nouveau projet susceptible d'être exploité financièrement à court terme, le GERS soulevait bien des questions quant à ses agissements. On chuchotait que, dans certains cas, toute notion de déontologie, d'humanisme ou de respect de l'individu, n'avait absolument plus cours.

Une autre caractéristique du GERS était d'être quasi insaisissable. Le groupement se formait chaque fois qu'il était jugé nécessaire ou utile qu'il se forme. Il se dissolvait de la même manière, aussi facilement et rapidement. En son sein, chacun de ses membres abandonnait toute identité pour n'apparaître que sous un nom de code. Celui de l'enquêteur chargé de recueillir des données sur les hommes-poissons était GX-16.

En quittant les bureaux de la D.S.T., GX-16 prit un taxi pour l'aéroport d'Orly. Un *Falcon* 20 l'attendait. Une heure plus tard, le biréacteur s'envolait vers une destination inconnue.

Depuis le XVIIIe siècle, où naquirent les premières grandes expéditions océanographiques comme celles de Cook et de Bougainville, les hommes n'ont cessé de s'interroger sur les richesses cachées des océans. Aujourd'hui, à l'instar du *HSM Challenger* britannique, de l'*Hirondelle* du prince Albert Ier de Monaco, ou de *La Calypso* française du commandant Cousteau, des navires ultra-perfectionnés, faisant appel à des techniques sophistiquées comme la magnétométrie, la bathythermographie, la télédétection assistée par satellite, sillonnent les mers du globe à la découverte de nouvelles données biologiques ou physico-chimiques.

La plupart de ces expéditions modernes sont économiquement désintéressées. Certaines, cependant, peuvent répondre aux exigences de plus en plus lourdes des pays industrialisés qui, après avoir surexploité la terre, cherchent de nouveaux débouchés dans la mer.

Le *Surveyor* devait probablement son nom aux missions de surveillance pour lesquelles il était affrété. Bourré d'électronique *hight-tec*, il n'avait rien à envier à ses prédécesseurs. Il naviguait en ce moment au large des îles Canaries, à proximité du Tropique du Cancer, c'est-à-dire dans la région où avait coulé le pétrolier géant néerlando-libérien, le RDP-94.

Les commanditaires de l'opération consistant à localiser précisément l'épave du supertanker étaient de plusieurs origines. Il y avait naturellement les représentants de la compagnie d'assurances chargés de déterminer les raisons du naufrage, mais aussi plusieurs attachés du Centre de recherches scientifiques de Paris. Le but de ces derniers était de visiter les fosses du bassin du Cap-Vert pour y prélever des échantillons du benthos, autre nom du monde abyssal. Le RDP-94 gisait à proximité de l'une d'elles, par trois mille huit cents mètres de fond.

Voilà pour la partie officielle de l'équipage, qui comprenait aussi le commandant de bord et les différents membres chargés de la bonne marche du navire. Pour le reste, il y avait le GERS.

Dix jours que le *Cygnus* avait laissé derrière lui les côtes bretonnes. Pour l'instant, une chute de vent subite rendait les voiles inutiles.

— Notre albatros des mers s'est transformé en tortue, on dirait, fit Keewat.

L'Amérindien lança un coup d'œil narquois à son ami occupé à rechercher le cap idéal pour relancer le voilier.

— Rien à faire, avoua celui-ci après plusieurs manœuvres infructueuses. Bah ! nous pouvons dire que le pari est gagné. Les îles du Cap-Vert ne sont plus très éloignées... Alors ? Que dis-tu de notre petit exploit ? Le *Cygnus I* ne valait-il pas la location ?

— Evidemment. À côté d'un canoë... Reconnais quand même que si tu n'avais pas toutes ces bébelles sophistiquées à ta disposition, le jeu serait nettement plus corsé... Tiens ! Les îles du Pacifique ont été peuplées grâce à de simples pirogues... Ça, c'était l'aventure !

— Oui, mais nous ne sommes plus au temps des pirogues, mon vieux. La voile est devenue un moyen de transport alliant parfaitement l'écologie aux techniques modernes de navigation. Qui plus est, le confort offert par le *Cygnus* est super.

89

— Évidemment, répéta Keewat en lançant une nouvelle ligne par-dessus le bordage.

Il espérait faire une belle prise pour le repas du soir.

Laurent brancha le pilote automatique et vint s'allonger près du mât. Il récupéra un livre, celui qu'il avait commencé à lire au cours de ses quarts de repos : *Les dernières nouvelles du Cosmos*, par Hubert Reeves, l'astrophysicien montréalais

— Rien de tel qu'un bon bouquin de vulgarisation pour vous apprendre à philosopher !

— Comme si on avait besoin de ça pour le faire…

— Regarde au-dessus de toi, répliqua brusquement Lorri en abaissant son livre. Une immensité peuplée de galaxies, de nébuleuses, d'étoiles, de planètes... Peut-être qu'en ce moment même, quelque part dans la galaxie, des êtres naviguent comme nous sur un océan d'acide sulfurique !

— C'est ça ! J'aime autant te dire que les poissons qu'on pourrait y pêcher...

— Qui te parle de poissons ? Poissons, batraciens, reptiles, oiseaux, mammifères...

Tous n'appartiennent qu'à la Terre. Ailleurs, c'est-à-dire là-haut, il existe autre chose.

— Peut-être. Mais, jusqu'à preuve du contraire, ta théorie n'est que pure supposition. Pour cette raison, mieux vaut soigner notre environnement comme le bien le plus précieux mis à notre disposition.

— Penser que nous sommes les seuls êtres vivants dans l'Univers serait bien présomptueux de notre part. Sans compter qu'un Univers aussi gigantesque pour les créatures aussi petites que nous sommes serait illogique. Mais je suis parfaitement de ton avis pour bichonner notre bonne vieille Terre. Elle n'en a d'ailleurs jamais eu autant besoin.

— Qui sait même s'il n'est pas déjà trop tard, ajouta l'Indien en tirant à coups répétés sur sa ligne et en ramenant un magnifique lieu noir. En tout cas, pour ce soir, nous ne mourrons pas de faim.

— Imagine un océan vide, une terre dépeuplée de ses animaux sauvages, stérile... Quel désastre ce serait !

— Impossible, Lorri, on ne peut pas laisser faire ça. Faut se battre...

— Pour les générations futures, comme le dit si justement la Fondation Cousteau.

— Exactement. C'est une question de bon sens. Mais, en attendant, je vais te préparer un repas qui redonne des forces et dont tu me diras des nouvelles !

Avec une ardeur soudaine, Keewat disparut dans le cockpit.

Seul sur le pont, Laurent Saint-Pierre contempla la mer. Du calme plat régnant autour du *Cygnus*, il se dégageait un sentiment de paix et de plénitude. À l'ouest, le soleil amorçait sa descente vers l'horizon et, sur la surface de l'eau, les reflets de ses rayons dessinaient une avenue lumineuse, pavée d'or.

Une fois encore, Lorri se laissa emporter par ses pensées. L'océan sur lequel ils naviguaient depuis presque dix jours paraissait immense, infini. La Terre, aussi, avait semblé immense jusqu'au début du XXe siècle. Pourtant, cent petites années avaient suffi pour gommer cette impression d'abondance. Aujourd'hui, l'atmosphère elle-même était en danger, rongée par les émanations de plus en plus destructrices des industries de transformation, et ce, malgré les avertissements poussés par quelques sages, et lorsqu'on mettait en avant certaines décisions pour remédier à ces problèmes, il ne s'agissait bien souvent que de pis-aller.

Laurent fit la grimace en laissant de côté ses sombres réflexions. Il termina le chapitre de son livre. Lorsqu'il quitta le pont, les voiles du *Cygnus* continuaient à battre mollement entre les drisses et les étais tandis qu'un rideau de brume apparaissait à l'horizon. Bientôt, l'étrave du voilier rencontra la première avant-garde de cette armée filandreuse et impalpable.

— Nous pénétrons dans un banc de brouillard, expliqua-t-il en rejoignant Kcewat dans le carré. Une bonne odeur de cuisine y régnait.

Quelques manipulations de contacts, et le jeune Québécois tenta d'établir la liaison avec un des satellites de télécommunications sillonnant la haute atmosphère. Malgré son insistance sur les touches de réglage, il ne réussit pas à l'obtenir. De la même manière, le radiogoniomètre et le radar de bord restaient muets.

— Par tous les diables, que se passe-t-il?
— Allons, le Blanc, tu ne me feras pas croire que ton superbe attirail bat de l'aile? ironisa Keewat sans lâcher la spatule de bois qui servait à mélanger sa préparation.

Durant de longues minutes encore, Lorri s'acharna sur la console de commande. Sans aucun succès.

— J'ignore la mouche qui a piqué cet engin, laissa-t-il tomber en renonçant, mais nous voici désormais aussi aveugles qu'une taupe ! Et le brouillard n'arrange pas les choses. Je retourne à la barre.

À l'extérieur, la nuit avait anéanti la dernière résistance du jour. La brume elle-même paraissait s'être évanouie. Il n'en était rien cependant, car sous les fanaux de positionnement, elle apparut de nouveau, épaisse et menaçante.

La surprise se peignit sur les traits de Laurent Saint-Pierre lorsqu'il porta les yeux sur la boussole. Affolée, l'aiguille pirouettait d'une manière inquiétante sur le cadran, privant ainsi les deux navigateurs des derniers points de repère auxquels ils auraient pu se fier.

Tel un oiseau blanc ivre et soumis à la fantaisie des courants, le *Cygnus I* se mit alors à avancer vers l'inconnu.

7

Collision

Sans précipitation inutile, Lorri amena
les voiles, puis les fixa solidement à l'aide
des rabans. En attendant la levée du brouillard, mieux valait marcher avec le moteur
au ralenti dont le bruit signalerait la
présence du *Cygnus.*

Naviguer ainsi à l'aveuglette, au milieu
de cet épais cocon de soie, humide et étouf-
fant, avait quelque chose d'inquiétant. Seul
l'espace éclairé par les fanaux de bord par-
venait à percer légèrement la nappe de la
brume. Le jeune Québécois n'était pas de
nature poltronne, mais la fermeté avec
laquelle il tenait la barre trahissait une certaine nervosité.

Keewat apparut dans l'encadrement de l'écoutille, une assiette garnie dans chacune des mains. Il tendit la première à son ami avant de s'attaquer à la sienne avec un appétit féroce.

— Tu parles d'une purée de pois! lança t-il entre deux bouchées.

— Comme tu dis... Bah! cette brume soudaine met du piquant à notre voyage... Il y a pourtant une chose qui me chiffonne: les instruments de navigation... Regarde le compas.

— Ma parole, on dirait qu'il a perdu la boussole! Le triangle des Bermudes, c'est pourtant pas dans le coin!

Après une courte pause passée à réfléchir, l'Indien reprit:

— Cette maudite brume... J'ai l'impression qu'elle y est pour quelque chose...

— Voyons, Keewat, tous les navigateurs rencontrent au moins une fois dans leur vie un tel phénomène. Je parle du brouillard.

— Et pour le compas?

— J'en sais rien... Nous traversons peut-être une zone à forte variation du champ magnétique terrestre.

L'Amérindien marcha vers le bordage et resta un moment à contempler le mouvement des vagues sur la coque. Il s'exclama soudain :

— Approche, Laurent. Se passe des choses bizarres là-dessous !

Lorsqu'il eut rejoint son compagnon, le visage de Lorri marqua l'étonnement.

— Tu as raison. D'où vient cette étrange luminescence ? Je sais... Des noctiluques !

— Des quoi ?

— Des noctiluques... Un plancton capable d'émettre de la lumière. De la famille des dinoflagellés.

Durant une poignée de minutes encore, la mystérieuse colonie d'animalcules illumina les abords du *Cygnus*. Puis elle s'estompa avant de disparaître tout à fait.

— On pourrait croire que les profondeurs sont le domaine de l'obscurité et du noir. Eh bien, voici la preuve du contraire ! fit Keewat.

— Le monde qui défile là, sous notre coque, est un monde inconnu. Les techniques d'exploration sous-marines n'en sont encore qu'au stade de l'expérimentation. Elles sont coûteuses, dangereuses... C'est sans doute une bonne chose.

97

— Ouais, je partage ton avis, *man*! Moins l'homme ira fourrer son nez là-dessous, mieux les océans s'en porteront.

Les deux compagnons reprirent leur repas. Tout autour du *Cygnus*, comme si elle voulait l'absorber sans pouvoir toutefois y parvenir, la brume continuait à lancer ses attaques insidieuses. De longs bras informes s'enroulaient parmi les étais, se lovaient langoureusement au milieu de l'accastillage. Soudain, en plus du ronronnement du diesel, un deuxième bruit de moteur émergea des ténèbres.

Lorri et Keewat se dévisagèrent: un navire était en approche. Au martèlement résonnant à la surface de l'eau, il devait être d'un fort tonnage.

Conscient du danger, Laurent reprit immédiatement le contrôle de la barre. Keewat se hissa sur le cockpit pour mieux écouter. En principe, le *Cygnus* devait figurer depuis un bon moment sur le radar de bord de l'autre bâtiment. Mieux valait malgré tout se tenir prêt à toute éventualité, surtout celle d'un abordage.

Avec une appréhension non feinte au creux des entrailles, les deux jeunes gens se mirent à guetter l'instant où surgirait de la nuit l'étrave du navire inconnu.

Charles Daubers, comme sans doute les autres membres assis tout autour de la grande table de conférence, s'interrogeait sur le motif réel de cette réunion extraordinaire à laquelle il avait été convié, au siège de l'Organisation du traité de l'Atlantique Nord. À sa droite figuraient les hauts responsables internationaux de la surveillance intérieure et extérieure des États. En face, les grosses légumes des forces armées de l'OTAN.

Le porte-parole chargé de la Défense parla rapidement. En résumé, plusieurs satellites de télécommunications évoluant en orbite venaient de cesser d'émettre. Les premières investigations tendaient à prouver qu'ils avaient été neutralisés. Par qui ? Impossible de répondre dans l'état actuel des choses. Apparemment, cet incident n'était pas le fait d'une puissance étrangère non représentée dans la salle, amie ou ennemie, mais tout restait possible. Les satellites visés avaient été principalement ceux touchant à l'observation maritime, qu'ils fussent européens, américains, canadiens, coréens, chinois, japonais ou russes. Tous les services spéciaux étaient évidemment en alerte. Jusqu'ici, pourtant, régnait toujours la plus complète des pagailles. Sur la manière dont les satellites avaient été réduits au silence, aucune explication satisfaisante ne pouvait être avancée. Il était question de lasers haute énergie, mais rien n'était moins sûr. Quant à la localisation de leurs sources d'émissions, elles paraissaient tout bonnement se situer dans les océans. Rien que ça !

Une grosse partie des transmissions terrestres venait donc de partir en fumée. Le monde industrialisé était en ébullition. Le plan d'action consistait, dans un premier temps, à renforcer la surveillance maritime. Parallèlement à cela, une pléthore d'agents serait envoyée tous azimuts.

Charles Daubers jeta un œil vers un de ses collègues, Jacques Leratier, d'Interpol. Ce dernier avait du pain sur la planche. L'expression de son visage osseux, tendu, était assez significative. En fin de séance, Daubers marcha vers lui.

— Alors, Leratier ? Le bon vieux temps est de retour ? N'est-ce pas là l'occasion de sortir un 007 de tes cartons ?

— Daubers ! Je te croyais à la retraite ! Nous manquons à ce point de crédits pour prolonger la carrière d'une vieille baderne comme toi ?

Les deux hommes étaient parfois surnommés Laurel et Hardy. Leratier avait un corps maigre et long monté sur des jambes d'échassier, le contraire de Charles Daubers qui affichait une réelle tendance à l'embonpoint.

— Trêve de plaisanteries, fit Leratier sur un ton grave, cette affaire est sérieuse. Il n'y a pas longtemps, les Soviétiques auraient encore fait de bons coupables. Aujourd'hui, vers qui se tourner ? Avec le nombre sans cesse croissant d'organisations terroristes...

— À propos, coupa Daubers, tu sais que le GERS a repris du service ? Je suppose que tu as entendu parler de ces apparitions de monstres palmés, un peu partout sur les côtes... Eh bien, le GERS est sur l'affaire. L'Europe et l'Amérique viennent de perdre des milliards avec la disparition des satellites et, pendant ce temps-là, que fait le GERS ? La chasse aux mauvais fantômes !

L'employé de la surveillance intérieure soufflait comme une locomotive emballée.

— Le GERS? fit doucement Leratier. Moins on en sait à son sujet, mieux on se porte. D'ailleurs, je ne serais pas surpris si, en réalité, il ne s'occupait pas déjà de notre propre affaire. Va savoir, Charles! En attendant, toi et moi avons de la besogne. À un de ces jours, mon vieux Daubers!

« Serait temps de reprendre le régime », songea Daubers en extrayant de sa poche un large mouchoir blanc avec lequel il s'épongea.

***

Un nouveau coup de sirène retentit. Par souci d'éviter une collision, le commandant du navire en approche devait avoir pris l'initiative de se signaler. Sans doute avait-il aperçu le « spot » du *Cygnus* sur son radar de bord.

— As-tu repéré de quelle direction ça venait, cette fois-ci? demanda Lorri.

Keewat secoua la tête. Sa chevelure de jais vola en tous sens.

— Pas facile. Avec ce maudit brouillard qui absorbe tout... Bâbord, je dirais.

Les deux amis espéraient fortement que le cargo en approche, s'il s'agissait d'un cargo, localise les feux du voilier. Pourtant, lorsqu'ils virent émerger de la brume la monstrueuse étrave du navire, ils surent que leur salut dépendrait uniquement de la vitesse de leur réaction.

— ON SAUTE, KEEWAT ! AU BOUILLON !

Les deux compagnons bondirent par-dessus le bordage et plongèrent ensemble à l'eau. Ils se mirent à nager comme des forcenés pour s'écarter au maximum de la trajectoire du bâtiment inconnu.

Derrière eux, il y eut un claquement sec, celui de la coque du *Cygnus* prise d'assaut. Par bonheur, la collision n'avait pas été frontale. Le voilier se mit à glisser le long du flanc du cargo.

Les naufragés hurlèrent de concert en souhaitant être entendus d'une manière ou d'une autre. Leur vœu fut exaucé. Quelques secondes plus tard, les machines de l'assaillant stoppaient.

Au passage, Laurent avait pu voir le nom du bâtiment, inscrit en lettres blanches : *Surveyor*. Il s'agissait d'un navire de moyen tonnage, de dimensions nettement inférieures à celles d'un porte-conteneurs, par exemple. Heureusement pour le *Cygnus*. Heureusement pour eux aussi.

Une voix, amplifiée par un mégaphone, retentit de la passerelle :

— Ohé, vous savez nager ?

— Elle est bien bonne, celle-là, ricana Keewat. Ce type vient de nous éperonner, et tout ce qu'il trouve à nous demander, c'est de savoir si nous savons nager !... Oui, ça va, merci ! hurla l'Indien. Et pour vous, on peut faire quelque chose ?

Malgré la situation, Lorri apprécia l'humour grinçant de son ami.

— Je vous envoie l'échelle de corde, dit encore la voix.

Un moment plus tard, les deux naufragés se retrouvèrent à bord du *Surveyor*, entourés par l'équipage venu en nombre. Un homme se précipita vers eux :

— Michael Eliot... Je suis le commandant de ce navire. Je suis navré, messieurs. Nous ne vous avons aperçus qu'au dernier moment. Il était déjà trop tard... Ce maudit brouillard, vous comprenez.

— Et votre radar de bord, lança Laurent avec mauvaise humeur, il aurait dû vous encourager à plus de prudence !

— Impossible, répondit Michael Eliot. Il est hors de service... C'est inexplicable... Un très mauvais coup du sort...

Le ton du commandant du *Surveyor* trahissait de réels regrets.

— Vous avez eu de la chance, ajouta une voix charmante. Notre navire aurait pu vous fendre en deux. Dieu merci, vous êtes sains et saufs... Je m'appelle Cynthia Glendale. Bienvenue à bord.

Lorri et Keewat serrèrent la main tendue. Elle appartenait à une ravissante jeune femme, aux yeux verts, pleins de vie. Quelques printemps de plus qu'eux, tout au plus.

— Moi, c'est Chang Wong, dit à son tour un homme aux traits asiatiques. Soyez les bienvenus !

— Nous allons nous occuper de votre voilier, reprit Michael Eliot, c'est la moindre des choses.

— Que diriez-vous de le hisser à bord à l'aide de la grue ? proposa le dénommé Chang Wong.

— Voilà une idée séduisante, approuva Lorri. La coque en a pris un sérieux coup et s'il y avait moyen d'éviter les infiltrations d'eau... Surtout qu'il ne nous appartient pas, nous l'avons loué.

— Mettons-nous à l'œuvre sans plus tarder, décida le commandant du *Surveyor*.

— Voilà qui prouve encore, si besoin était, la nécessité d'être bien assuré, fit un autre membre de l'assistance. J'espère que vous l'êtes.

— Monsieur Dewilde est un expert de la Hansen National, expliqua Michael Eliot. Il est chargé d'enquêter sur le naufrage du RDP-94.

— Le pétrolier géant ? s'enquit Keewat.

— C'est cela même, approuva Dewilde. Nous sommes pratiquement sur les lieux où a eu lieu la catastrophe. Décidément, les parages vont avoir mauvaise réputation !

— Allons-y, si vous le voulez bien, messieurs, pressa Michael Eliot.

En avançant sur le pont, Lorri reconnut dans le *Surveyor* le type même du navire océanographique. Entre la timonerie et l'étrave s'élevait un derrick de plusieurs dizaines de mètres destiné à effectuer des forages à grandes profondeurs. À côté, il y avait une importante réserve de tubes d'échantillonnage. De part et d'autre, deux grues permettaient la manipulation de ces charges imposantes. L'une d'entre elles, de quarante-cinq tonnes, vint facilement à bout du *Cygnus* qui se retrouva vite en cale sèche, solidement amarré sur le pont.

— Opération de sauvetage accomplie ! laissa tomber avec satisfaction Michael Eliot. Il en a pris un sale coup. Encore une fois, mille excuses, mais sans l'aide du radar de bord, nous n'avions aucune chance de vous repérer. La panne de nos instruments est arrivée au plus mauvais moment.

— Bah, le principal c'est d'être en vie, dit le Québécois. Pour ce qui est du *Cygnus*, je pense qu'après réparation de la coque il n'y paraîtra plus.

— Vos vêtements sont évidemment trempés, remarqua le commandant du *Surveyor*. Il fait chaud mais je ne voudrais pas qu'un léger refroidissement vienne augmenter les conséquences de ce malheur. Je vous montre vos cabines.

— Quelle est votre route ? demanda encore Laurent Saint-Pierre.

— Nous sommes en mission, expliqua Eliot. Notre but est double. Explorer une des fosses du Cap-Vert sous l'égide du Centre de recherches scientifiques de Paris dont font partie Mlle Glendale et M. Wong, et recueillir le maximum d'éléments sur le naufrage du RDP-94. Comme vous l'a dit M. Dewilde, nous devrions être à peu près à la verticale de son point de chute... Si vous le souhaitez, dès demain, lorsque l'électronique de bord aura été réparée, j'enverrai un message radio pour que l'on vienne vous chercher... Quelle était votre destination ?

— Nous faisions une simple croisière. Après avoir flirté avec les îles du Cap-Vert, nous serions repartis vers les côtes françaises.

— En ce qui concerne votre voilier, vous devrez patienter jusqu'à la fin de la mission. Une semaine tout au plus. Le *Surveyor* pointera alors la proue vers le port que vous lui aurez désigné. Cela vous convient-il ?

— Parfaitement, commandant.

— En attendant, intervint Keewat, un bon remontant, des vêtements secs et une bonne couchette, voilà tout ce qu'il nous faut !

— Vous avez largement mérité le tout, reconnut Michael Eliot, le sourire aux lèvres. Je vous montre le chemin.

Une heure plus tard, en rejoignant le *Cygnus* pour y cueillir quelques affaires de toilette, Lorri fit une rencontre imprévue.

Un individu explorait le carré, une torche à la main.

— Vous cherchez quelque chose, demanda le jeune naufragé en pesant sur le commutateur.

— Heu... joli navire, balbutia l'homme, surpris. Pardonnez-moi. Je n'ai pu résister à en faire la visite. Son équipement est remarquable... Excusez-moi encore, je me retire.

— Il n'y a pas de mal, fit doucement Laurent.

Malgré tout, il trouvait le comportement du visiteur plutôt suspect. Il fit le tour du carré. Tout était en place. Tout, sauf le tiroir de la console où ils avaient rangé leurs passeports.

Pour quelle raison cet admirateur du *Cygnus* avait-il tenu à s'assurer de leurs identités, celle de Keewat et la sienne ?

Lorri décida de remettre au lendemain la résolution de ce mystère. Il regagna sa couchette, tout comme GX-16 d'ailleurs, qui, malgré les excuses qu'il venait de formuler, se moquait pas mal du *Cygnus*.

8

Un autre mystère

Le lendemain, lorsque Laurent et Keewat quittèrent leurs cabines, une certaine animation régnait sur le pont. Un engin oblong se balançait au-dessus de l'eau, maintenu par le câble épais de l'une des grues.

Michael Eliot vint à leur rencontre.

— Mauvaise nouvelle, messieurs. Notre système de communications n'est toujours pas opérationnel, et ce, malgré les efforts acharnés de nos techniciens... C'est à n'y rien comprendre. Impossible donc de joindre la terre ferme. Vous voilà condamnés à rester plus longtemps que prévu en notre compagnie.

Lorri haussa les épaules. Il désigna le ciel où brillait un franc soleil.

— La brume semble s'être levée, on dirait. C'est toujours ça de pris. Quant aux appareils de liaison, leurs dysfonctionnements sont identiques à ceux du *Cygnus*.

— Que voulez-vous dire ?

— Tout simplement, intervint Keewat, que nous étions, nous aussi, privés de nos instruments lorsque le *Surveyor* est entré en collision avec le voilier !

Le Québécois pointa le doigt vers la grue.

— C'est un sonar, si je ne m'abuse.

— Exact. Et le plus extraordinaire, c'est qu'il fonctionne parfaitement. La liaison entre les capteurs et les enregistreurs se fait normalement. En réalité, il semble que le problème ne soit pas localisé du côté de l'émission, mais plutôt de celui de la réception.

— Vous voulez dire que les messages partent du *Surveyor* mais qu'ils ne sont pas interceptés ?

— Exactement... Nous allons effectuer un relevé des profondeurs pour tenter de localiser le RDP-94. Si le cœur vous en dit...

Le trio rejoignit Cynthia Glendale et Chang Wong, affairés à la mise à l'eau du sonar.

— J'espère que votre mésaventure de la veille ne vous a pas privés de sommeil. Avez-vous passé une bonne nuit ? s'inquiéta la jeune femme.

— Excellente. Nous récupérons assez vite... Je vois que vous êtes occupés.

— Nous l'appelons *Delphi*, expliqua Chang Wong en désignant l'engin qui, lentement, descendait vers la surface de l'eau. Il est très perfectionné. Sa fréquence d'émission n'est que de vingt kilohertz. La forme allongée que vous voyez là est le transducteur long. Il envoie une série de faisceaux en éventail. Deux autres transducteurs disposés latéralement complètent l'information pour donner une image complexe du fond marin... ou de l'épave.

— Pratiquement en trois dimensions, précisa Cynthia Glendale. En Méditerrannée, *Delphi* a été capable de déceler le col d'une amphore appartenant à la cargaison d'une galère engloutie. Il permet un gain de temps appréciable lors des recherches.

— Joli joujou pour les chasses aux trésors ! fit Keewat.

— Son prix élevé ne le met pas à la portée de toutes les bourses. Et c'est heureux, car nous assisterions à un véritable pillage des océans !

— L'utilisation du sonar est pourtant responsable en partie de l'épuisement des réserves de poissons, fit remarquer Laurent. Avec des appareils de ce type, il est devenu très facile de localiser les bancs. Le résultat ne se fait pas attendre. S'ils facilitent le travail des pêcheurs en leur garantissant de grosses prises, le fait d'être utilisé en grand nombre sur toutes les mers du globe appauvrit inexorablement la faune.

— Je dois reconnaître que votre vision est juste, répondit la jeune femme. Malheureusement, tout progrès scientifique s'accompagne bien souvent d'effets néfastes.

— Ce n'est pas le progrès qui est néfaste, mais plutôt l'utilisation abusive que nous en faisons, précisa encore le Québécois.

— Vous savez ce qu'on dit chez moi, continua Keewat, que le Grand Esprit a donné l'intelligence à l'homme, mais que le Diable lui en a dérobé le mode d'emploi !

— Voilà une remarque très pertinente, s'exclama Michael Eliot. Mais je crois qu'il est temps de gagner la cabine de contrôle et de remettre les moteurs en marche. Le déroulement du câble prendra un certain temps avant que le sonar n'atteigne son objectif.

Dans le poste de pilotage, où étaient également disposés les divers instruments de contrôle et d'enregistrement, prenaient place plusieurs techniciens. Avec des gestes précis et rapides, ils assuraient les réglages des appareils. Parmi eux, Lorri reconnut le visage sévère et les cheveux blonds en brosse du mystérieux admirateur du *Cygnus*.

L'espace d'un instant, GX-16 dévisagea Laurent avec un regard froid où brillait une sourde hostilité.

— Voici l'équipe chargée de l'enregistrement des données relatives à l'exploration de l'épave du pétrolier, expliqua Michael Eliot. Le chef de mission est M. Kroenberg (il désignait GX-16), engagé par la Hansen International.

Lorri et Keewat firent un rapide salut de la tête.

— Lorsque M. Dewilde, reprit Eliot, jugera en avoir assez appris sur les motifs de la catastrophe, nous passerons au second stade de notre travail : l'étude de l'une des fosses abyssales du Cap-Vert. Cynthia et Chang Wong disposeront de l'équipement du *Surveyor* pour effectuer leurs relevés.

Pendant une dizaine de minutes, le sonar continua sa descente vers le fond, retenu simplement par le câble qui le reliait à la proue du navire.

— Où en est *Delphi*, monsieur Kroenberg ? demanda finalement Eliot.

— Trois mille mètres, répondit aussitôt GX-16, manipulant adroitement les commandes de la console.

La dextérité avec laquelle travaillait ce Kroenberg n'avait en soi rien de surprenant. Il était, entre autres choses, un véritable spécialiste de l'électronique. Il s'était arrangé pour être mandaté auprès de Dewilde. Deux de ses hommes étaient avec lui : les deux autres techniciens présents dans la cabine.

Le but du groupement était d'établir un rapport détaillé sur les circonstances du naufrage du RDP-94. À ce sujet, le témoignage d'un Ivoirien qui avait été employé à bord, laissait sous-entendre une action commando d'êtres marins intelligents. Cet élément venait encore grossir le dossier classé *top secret*, établi depuis plusieurs années sur leur existence. En fonction de ce que l'épave du supertanker révélerait, la suite des opérations se négocierait d'une manière précise. Inutile de faire un dessin sur l'enjeu d'une telle découverte et sur ses applications possibles. Celui qui, en premier, réussirait à contrôler ces créatures presque d'un autre monde, possèderait un pouvoir inégalé pour exploiter les océans. Avec les ressources terrestres en voie d'épuisement, il y avait là un enjeu aussi énorme que capital. Pour cette raison, si le résultat de la mission l'exigeait, celui-ci resterait secret. Les témoins gênants seraient éliminés d'une manière ou d'une autre. Le fait que deux jeunes étrangers soient à bord ne changerait rien à l'affaire.

— Trois mille huit cents mètres, annonça-t-il. Nous sommes au fond.

Un des enregistreurs vomissait une bande de papier sur laquelle s'inscrivait un tracé complexe. Au bout de quelques minutes, cependant, il fut possible d'y reconnaître le profil d'un sol tantôt plat, tantôt tourmenté. Une nouvelle structure apparut.

— En plein dans le mille! s'exclama Chang Wong. Il s'agit sans conteste de la coque de l'épave.

— Et ces points qui laissent un sillage? demanda Lorri, intrigué.

117

— Ma foi, j'ignore ce que c'est, avoua l'Asiatique. Peut-être des interférences... Affinez, monsieur Kroenberg.

GX-16 s'exécuta, sans résultat.

— Des poissons, peut-être ? proposa Keewat. Bien qu'à cette profondeur... Que pouvez-vous nous apprendre sur le benthos, mademoiselle Glendale ? C'est bien votre nom, n'est-ce pas ?

— Les connaissances à ce sujet restent fragmentaires. Des images nous en sont parvenues. Il semble habité par des ophiures, des annélidés, des anémones, divers crustacés... Les fonds vaseux sont le domaine des lamellibranches fouisseurs et des holothuries. Un certain nombre d'espèces de poissons y vivent également. Une de leurs caractéristiques est d'émettre de la lumière, comme dans le cas du poisson-hâche ou du poisson-pêcheur des abysses, le lynophryne polypogon. Cette *phosphorescence* biologique est principalement due aux bactéries vivant en symbiose avec eux. Lorsque l'on dépasse quatre mille mètres, les zoologistes pensent que le nombre d'espèces diminue fortement, mais que, sous l'allongement de la durée de vie provoquée par les basses températures, leur taille est nettement plus imposante que celle de leurs proches parents de la surface... Il est possible que les abysses aient préservé de l'anéantissement certains fossiles vivants.

— D'où les légendes de monstres marins, glissa Lorri avec un sourire.

Juste à ce moment, le stylet de l'enregistreur ne marqua plus qu'une ligne horizontale, inerte. Les écrans devinrent muets.

— Que se passe-t-il ? s'inquiéta Chang Wong.

Kroenberg manipula plusieurs curseurs, joua même du poing sur la console. Plus rien.

— Nous venons de perdre le sonar, laissa-t-il tomber.

— Mais c'est impossible, voyons, dit encore l'Asiatique en s'emparant des réglages.

Il n'eut pas plus de succès.

— Remontons-le, ordonna Michael Eliot.

Lorsque la totalité du câble fut enroulée, l'équipage du *Surveyor* ne put que se rendre à l'évidence. À l'extrémité du filin d'acier, *Delphi* brillait par son absence.

— La première partie de la mission de reconnaissance a été atteinte, n'est-ce pas? fit Dewilde qui ne voulait pas en rester là. Le RDP-94 a bel et bien été localisé. Alors, je propose de passer immédiatement à la seconde.

— Qui consiste? demanda Laurent Saint-Pierre.

— Aller explorer de visu le pétrolier, répliqua doucement Kroenberg.

— Par quatre mille mètres de fond? s'écria Keewat.

— Nous pouvons réaliser l'exploit en toute sécurité, intervint Michael Eliot. Le *Surveyor* abrite un submersible parfaitement adapté à ce type de mission.

— Ignorerais-tu, Keewat, que déjà, en juin 1960, le *Trieste* descendait par moins onze mille vingt-deux mètres, dans la fosse des Mariannes?

— Onze mille mètres ou quatre mille, il y a là de quoi vous écrabouiller comme le serait une coquille d'œuf vide sous le poids d'un éléphant!

— Rassurez-vous, intervint Cynthia Glendale, la SP 5000 a été conçue de manière à pouvoir descendre au-delà de quatre mille cinq cents mètres. Elle a fait l'objet de nombreux tests avant sa mise en utilisation, notamment de la part de l'IFREMER[1] et de la Direction des constructions navales. Lorsque les finances du Centre le permettent, nous l'employons pour nos recherches.

— Que diriez-vous de nous accompagner, monsieur Saint-Pierre ? Vous semblez de constitution solide... À moins que vous ne souffriez de claustrophobie...

Il y avait une ironie à peine dissimulée dans les propos de Kroenberg. Depuis son incursion à bord du *Cygnus*, le personnage devenait d'ailleurs de plus en plus antipathique à Laurent.

— Pourquoi pas, surenchérit la biologiste, la SP 5000 peut emmener trois passagers. En plus de M.Kroenberg, chef de mission, et de moi-même, vous pourriez remplir le rôle du troisième océanaute. Qu'en dites-vous ?

Le sourire de Cynthia Glendale était trop charmeur pour y résister. Elle était jolie.

— Ma foi, la proposition est alléchante. Ce n'est pas tous les jours que l'occasion

---

1. Institut français de recherches en mer.

121

vous est donnée de naviguer par moins quatre mille mètres...

— Et ce serait le moyen pour moi de me faire définitivement pardonner la collision avec votre voilier, dit à son tour Michael Eliot. En tant que commandant du *Surveyor*, je vous autorise à prendre part à l'expédition. Maintenant, je ne voudrais pas insister... Si vous n'avez pas envie de...

Keewat éclata d'un rire moqueur.

— Pas envie ! C'est comme si vous demandiez à un phoque s'il aime le poisson !

— Merci pour le phoque, Keewat... J'accepte volontiers votre proposition.

L'Amérindien prit son compagnon d'aventures en aparté, le visage tendu.

— Tu as bien réfléchi, Lorri ? Mon instinct de Tchippewayan est en alerte... Y'a quelque chose qui ne tourne pas normalement... Je suis incapable de te dire d'où ça vient, mais je le sens.

— Allons Keewat, l'occasion est unique. Et Mlle Glendale ne vient-elle pas d'affirmer que le matériel avait largement fait ses preuves... Je t'enverrai de mes nouvelles toutes les dix brasses, ça te va ?

L'Indien n'insista pas plus longtemps.

— Je vous propose donc de prendre votre première leçon, décida Chang Wong. Dans une demi-heure, la SP 5000 n'aura plus rien à vous apprendre.

Laurent Saint-Pierre emboîta le pas à l'Asiatique, suivi de près par son ami amérindien. Il jubilait. La plongée sous-marine, il adorait ça, mais descendre vers les profondeurs abyssales était une tout autre histoire. L'expérience risquait sans doute d'être inoubliable.

Une carapace de crabe ! C'était ce à quoi faisait immanquablement penser le submersible. Ses concepteurs eux-mêmes n'auraient pu en nier la ressemblance. Une fois encore la nature avait inspiré la science.

Chang Wong mit à profit le temps de mise à l'eau pour expliquer le fonctionnement de l'engin.

— La SP 5000 est un submersible de classe 2. Son diamètre est de cinq mètres cinquante pour un poids d'environ dix tonnes. La plus grosse partie de la structure est en alliage de titane. L'habitacle peut abriter trois personnes et garantir une autonomie de douze heures. Quant au mode de propulsion, il fait appel à deux moteurs actionnant deux turbines...

— Quelle énergie utilisent-ils ? demanda Laurent.

— Électrique... Produite par des batteries cadmium nickel. Comme vous le voyez, deux puissants projecteurs vous permettront de progresser avec de la lumière. Le cas échéant, le bras articulé peut se révéler d'une aide précieuse, surtout lorsqu'il s'agit de déblayer des obstacles encombrants.

— En ce qui concerne les liaisons avec la surface ? interrogea Keewat.

— Ultrasoniques.

— Et cette coquille résiste à la pression ?

— Sans problème... Jusqu'à cinq mille mètres... Au-delà, évidemment, elle risquerait d'imploser. À la profondeur où se trouve le pétrolier, la pression sera d'environ quatre cents bars[2].

— Un bar tous les dix mètres, n'est-ce pas ? fit Laurent Saint-Pierre.

— Tout à fait... Je vous laisse désormais

---

2. Unité de pression. Pour simplifier, une pression de un bar est équivalente à la pression atmosphérique normale en surface.

aux mains de Cynthia. Ne vous faites pas de souci, elle est parfaitement qualifiée. Bonne chance !

— Une parole de trop ! gronda Keewat, qui était plutôt du genre superstitieux.

Installée aux commandes de l'engin, la jeune biologiste fit signe à Laurent. Il s'empressa d'aller la rejoindre, non sans avoir auparavant tapé sur l'épaule de l'Indien.

— À la revoyure, vieux frère ! Je t'enverrai des cartes postales !

— Parce que tu t'imagines que, là-dessous, il y a un facteur ! Pas de conneries, hein !

— Tu me connais.

— Depuis peu... N'oublie pas le micro... Toutes les dix brasses.

— C'est cela, maman !

Lorri disparut dans le double sas.

— Bienvenue à bord, monsieur Saint-Pierre, sourit Cynthia Glendale en désignant une combinaison souple. Je vous invite à vous glisser là-dedans. C'est une des consignes de sécurité à respecter.

— Appelez-moi Lorri, ça sera plus simple.

— Va pour Lorri... Pas trop d'appréhension ?

— Avec vous aux commandes, je ne risque rien... C'est du moins l'avis de votre collègue.

— Et vous le partagez ?

Un sourire malicieux se dessina sur les lèvres du jeune Québécois.

— Une chose me paraît certaine, en tout cas. Mourir noyé à côté d'une aussi charmante sirène devrait me conduire directement au paradis !

— Voyez-vous cela ? ironisa la biologiste en fixant son interlocuteur d'un œil amusé.

Elle était vraiment jolie avec sa chevelure blonde, bouclée à souhait, et un grain de beauté posé au coin du menton.

— Nous attendons M. Kroenberg ?

— Il ne va plus tarder. Juste une dernière mise au point avec Dewilde. N'oublions pas que cette première partie de mission est pour la Hansen International... Si vous y tenez, je peux vous expliquer les grandes lignes du fonctionnement de la SP 5000.

— Avec joie... Je suis là pour cela.

— La descente s'effectue à l'aide des turbines mais également en remplissant les ballasts d'eau de mer. La structure supérieure, au-dessus de votre tête, renferme plusieurs réservoirs d'équilibrage alimentés en essence ultralégère, au fur et à mesure de la descente. La remontée, quant à elle, est rendue possible par le largage de grenaille de fonte... Les commandes proprement dites sont assez simples : vous tirez pour monter et vous pesez pour descendre.

— Comme dans un avion...

— Tout à fait... Ces afficheurs à cristaux liquides indiquent la valeur des paramètres de plongée : pression, profondeur, température, réserve d'énergie, vitesse, durée d'immersion...

— Dites-moi, questionna Laurent en changeant de sujet, Glendale... C'est un nom d'origine anglo-saxonne, non ?

— Mon père est américain et ma mère, française. Vous, votre accent est canadien, n'est-ce pas ?

— Je suis de Québec. Keewat, lui, est un véritable Indien tchippewayan.

— Tchippequoi ?

— Tchippewayan... Nord-ouest du Canada. Mais, comment devient-on membre du Centre de recherches scientifiques de Paris ?

— Avec beaucoup de persévérance, d'obstination et d'effronterie... Et une tonne de chance ! avoua-t-elle en riant. Pour ce qui est des études, j'ai un doctorat de biologie marine... Et toi ? Que fais-tu à part te faire éperonner par de grands méchants navires ?

— Je vais à l'université... Premier cycle d'écobiotechnologie à l'Université Laval, répondit Laurent, ravi de se faire tutoyer.

— Intéressant ça... De plus en plus, il va falloir des gens capables de mesurer précisément l'influence néfaste de l'homme sur son environnement... Un bon choix. Sans compter que nous sommes de plus en plus nombreux. Six milliards d'êtres humains sur la planète, tu te rends compte ! Et une croissance planifiée d'un milliard supplémentaire tous les dix ans !

— Oui... La question se pose de savoir si la Terre est prévue pour abriter autant d'individus. Pour les espèces animales, la sélection naturelle a toujours joué. Qu'en est-il devenu pour nous, êtres humains ? Notre intelligence nous permet d'accomplir des prouesses en médecine et dans d'autres domaines. La durée de vie s'allonge, la maladie recule... du moins certaines d'entre elles... Vue sous un certain angle, cette intelligence ne s'oppose-t-elle pas justement à la sélection naturelle prévue pour réguler le nombre des espèces ? L'intelligence de l'homme est-elle naturelle ? Nous entrons là dans le domaine de la philosophie, n'est-ce pas ?

— Hé, mais tu raisonnes bien pour ton âge !

Un ange passa entre eux.

— D'où venons-nous ? Où allons-nous ? Autant de questions qui excitent les biologistes reprit la jeune femme, visiblement passionnée par leur échange d'idées. Les scientifiques s'accordent à dire que l'Homme, unique dans son genre, occupe le sommet de la création. Il représente ce que la Nature a inventé de plus complexe... du moins en théorie. Dans le comportement de certains animaux transparaît des signes d'intelligence. Nous commençons à peine à les décrypter. Par exemple, les delphinidés ou les chimpanzés font partie des êtres les plus doués du règne animal. La lignée de l'Homme rejoint-elle celle du dauphin ou du singe à un moment donné ? En ce qui concerne ce dernier, les récentes découvertes tendent à démontrer qu'il n'en est rien ; l'Homme et le chimpanzé ont progressé le long de deux branches bien distinctes de l'évolution... Peut-être que nos plus lointains ancêtres avaient des nageoires dans le dos?

— Je t'imagine avec ça, jeta Lorri en riant. Chouette!

Kroenberg, alias GX-16, fit soudain son apparition.

— La perspective de descendre vers l'abîme ne semble pas vous effrayer outre mesure, laissa-t-il tomber en fixant Laurent. Nous verrons cela lorsque vous aurez près de dix mille pieds de liquide sur la tête... Mademoiselle Glendale, largage!

9

Immersion

Le vrombissement des turbines envahit l'habitacle à l'instant où Cynthia Glendale actionna la mise en marche de l'appareil. Par les hublots, la vue fut partagée l'espace d'un moment entre le ciel et la surface, puis, dans un brassage de bulles et de tourbillons, la SP 5000 disparut sous les flots.

— Turbines à cinquante ! annonça la biologiste.

— Ballasts en remplissage ! ajouta Kroenberg.

D'abord complet, le spectre de la lumière perdit progressivement certains de ses composants. Il passa du jaune au vert pour finalement, au-delà de cinquante mètres, devenir totalement bleu.

Lorri actionna l'interrupteur de liaison.

— SP 5000 à *Surveyor*... Tout va bien... Rien à signaler... Sommes à moins cent mètres... *Over*.

— *Surveyor* à SP 5000... Ici, Keewat... Bien reçu... Tes impressions... *Over*.

— Heureux comme un phoque dans l'eau... La faune semble apprécier la compagnie de l'étrange animal que nous sommes... En dessous... Brrrr... Le noir profond... *Over*.

Lorri et Keewat étaient chargés de la liaison entre le submersible et le navire océanographique, tâche à laquelle ils s'adonnaient avec plaisir.

— Moins deux cent cinquante mètres. Ballasts à vingt ! annonça Kroenberg.

Cynthia Glendale alluma les projecteurs. Les hublots révélèrent alors un univers étrange de lenteur où passait de temps à autre la silhouette fantomatique d'un grand squale ou celle d'une élégante raie manta. Une méduse apparut également, comme un parachute aquatique évoluant au gré de sa fantaisie. Elle fut bientôt absorbée par le bleu foncé de la nuit marine.

— Une rhizostoma ! Et de belle taille encore ! s'exclama la biologiste.

En dehors de ces formes fugaces, la mer profonde était vide.

— Cette partie de l'océan est l'une des moins riches en faune, n'est-ce pas? demanda Laurent. C'est ce que j'ai appris en océanographie.

— C'est exact. Seules les zones littorales abondent de vie. Nous les nommons zones euphotiques. Elles s'étendent jusqu'à moins deux cents mètres. C'est dans ces zones que vivent la plupart des poissons. Cette partie de l'océan Atlantique séparant les îles du Cap-Vert du nord-est de l'Amérique du Sud constitue ce que l'on appelle un «désert biologique». L'absence de courants verticaux brassant les différentes couches d'eau est à l'origine de sa faible productivité en carbone.

— Moins cinq cents mètres. Ballasts à trente! résonna la voix monocorde de Kroenberg.

— Oxygène à quatre-vingt-dix-huit... Turbines maintenues à cinquante pour cent, répondit en écho Cynthia Glendale.

Cela faisait maintenant près d'une demi-heure que la SP 5000 descendait lentement vers les profondeurs. L'épave du supertanker se trouvait logiquement à la verticale, mille cinq cents mètres plus bas.

Kroenberg avança la main vers la commande du sondeur, mais un spectacle insolite lui fit suspendre son geste. Derrière les hublots venaient d'apparaître de bien étranges animaux.

— Des seiches ! s'exclama la biologiste en coupant momentanément les projecteurs extérieurs.

— C'est plutôt curieux d'en rencontrer à cette profondeur, non ? s'étonna Lorri.

— En effet... Et leur taille me paraît anormalement grande... Elles sont fascinantes.

À tour de rôle, les mollusques venaient se poster devant les hublots et contempler l'intérieur de l'engin avant de s'éclipser avec une vélocité surprenante.

— Leur curiosité est au moins égale à la nôtre, remarqua le Québécois. C'est magnifique !

— Nous savons très peu de choses sur elles. Ce sont des animaux munis d'un système nerveux complexe... Les ondulations lumineuses qui zèbrent leurs corps constituent un langage dont nous ignorons tout.

Kroenberg commuta le sondeur de bord tandis que Cynthia Glendale rallumait les projecteurs. La soucoupe reprit sa progression vers l'abîme, abandonnant les céphalopodes à leur numéro de music-hall. La substance aqueuse reprit vite ses droits, tel un éther vide et stérile, parcouru de temps à autre par quelque poussière en suspension dont le reflet, sous les fanaux, donnait l'illusion du passage fugace d'une étoile filante.

Laurent jeta un regard vers le chronomètre. Quatre-vingt-dix minutes... Il s'était déjà écoulé une heure trente depuis le largage. À intervalles réguliers, le bip sonore du système d'écholocation brisait le silence de l'habitacle. La fréquence s'accéléra soudain.

— Objectif repéré ! laissa tomber GX-16 en manipulant plusieurs potentiomètres.

Cynthia Glendale pesa plus fermement sur la commande de sustentation. La SP 5000 descendit encore d'une trentaine de brasses.

— Trois mille huit cents mètres, annonça rapidement le technicien.

— Épave droit devant ! triompha la biologiste.

Par-delà le verre protecteur des hublots venait de surgir de la nuit la silhouette aussi gigantesque qu'inquiétante d'un navire posé sur le fond : le RDP~94.

Le submersible accomplit une spirale et approcha de l'arrière de la coque. Dans l'habitacle, le silence s'était fait plus pesant. Le spectacle offert par le pétrolier déchu, véritable géant des mers, emplissait l'esprit de Laurent, et sans doute celui de Cynthia Glendale, d'un sentiment d'amertume. Un navire était fait avant tout pour flotter. Kroenberg, quant à lui, scrutait d'un œil particulièrement attentif chaque détail défilant dans le champ de vision des hublots.

Les turbulences occasionnées par la rotation des pales provoquèrent l'ondulation de câbles épais comme des bras. C'était là l'unique mouvement perceptible à bord du monstre d'acier. Le reste de la carcasse était figé à jamais.

— *Surveyor* à SP 5000... *Surveyor* à SP 5000...

La voix de Keewat tira les océanautes de la torpeur, mêlée de respect, où les avait plongés le navire défunt.

— Ici, SP 5000. À vous, *Surveyor*...

— Où en êtes-vous, SP 5000 ? À vous...

— Objectif atteint, Keewat. Le pétrolier gît devant nous. Commençons l'exploration. *Over...*

Cynthia Glendale amena la soucoupe de plongée le long de la main courante bordant le pont principal. Sur leur gauche, l'énorme hélice de propulsion apparut, aussitôt gommée par les ténèbres environnantes dès l'instant où les projecteurs attaquèrent la coque. Lentement, celle-ci se mit à défiler, paroi lisse monumentale, de gris et de brun mêlés, livrée à la nuit sans fin du monde des profondeurs.

— Descendez plus bas, commanda Kroenberg.

Une cavité béante apparut dans le faisceau des projecteurs.

— Nous y sommes, dit Lorri, voilà pourquoi il a coulé. C'est une horreur !

— Cette déchirure n'est pas une cause suffisante pour expliquer le naufrage, commenta le technicien. La soute est compartimentée sur toute sa longueur...

— Disons que c'est UNE des raisons.

Mais bientôt d'autres plaies meurtrières se révélèrent dans la carène.

Cynthia Glendale immobilisa le submersible à proximité de l'une d'entre elles.

— Que s'est-il passé ? Regardez les tôles, les armatures... Elles semblent calcinées.

— Des explosions, tout simplement, avança GX-16 d'une voix faussement convaincue.

— Erreur, monsieur. Si tel avait été le cas, les armatures seraient tordues vers l'extérieur. Il n'en est rien.

— Continuons, fit-il en ignorant complètement la remarque pourtant judicieuse formulée par Laurent.

Une autre cavité se présenta sous les projecteurs. Au-delà, vers l'intérieur de la coque, régnait une profonde obscurité.

En étudiant soigneusement cette nouvelle déchirure, les océanautes firent une autre constatation. Le bord de la plaie était totalement franc. Aussi loin que pouvaient porter leurs regards, l'armature montrait la même découpe, sans bavures.

— On ne lui a laissé aucune chance, glissa Lorri.

— Que voulez-vous dire par « on » ?

— Que c'est anormal. Ces ouvertures ne se sont pas faites toutes seules.

— Elles me font penser à l'action...

— D'une énorme lance oxhydrique, n'est-ce pas ? coupa Lorri.

— Ça n'a pas de sens, murmura Cynthia Glendale.

— Déployez le bras télescopique, mademoiselle, voulez-vous. La caméra va se charger d'enregistrer tout ceci.

Obéissant à l'ordre que venait de lui adresser GX-16, la biologiste manipula plusieurs contacts, puis saisit le manche de commande.

Tout à coup, une intense luminosité bleuâtre s'ajouta à celle des projecteurs. À l'intérieur de la soute, plusieurs lentilles phosphorescentes traversèrent le champ de vision des hublots à toute vitesse. Elles disparurent plus profondément dans le ventre du navire.

Ne sachant que penser, Cynthia Glendale avait stoppé le bras articulé.

— Qu'attendez-vous pour les suivre ? hurla Kroenberg.

— Que nous... Les risques sont énormes... C'est impos...

— Faites ce que je vous ordonne, sans discuter, explosa le technicien. Dois-je vous rappeler que je suis le seul responsable de cette mission ?

— Cynthia a raison, mon vieux. Imaginez que nous restions coincés pour une raison ou pour une autre ! intervint Laurent surpris par l'agressivité soudaine de Kroenberg.

— Je n'ai que faire de ton avis, mon gars. Je me doutais que, tôt ou tard, tu manquerais de cran ! Mademoiselle, remettez les turbines en marche, c'est un ordre !

L'adolescent fixa le technicien dans les yeux. Pour une raison qui lui échappait, Kroenberg l'avait pris en grippe depuis qu'il avait posé le pied sur le *Surveyor*. En plus, il le tutoyait, ça ne lui plaisait pas. Il établit le contact avec la surface.

— Ici, SP 5000... À vous, *Surveyor* !

La voix nasillarde de Keewat retentit.

— Ici, *Surveyor*... Où en êtes-vous, SP 5000 ?

— Nous nous apprêtons à... *Surveyor* ?... À vous, *Surveyor* ?... *Surveyor*, répondez...

La liaison s'était brusquement interrompue. Malgré les appels répétés du jeune Québécois, il ne réussit plus à joindre l'Indien.

— Turbines en avant toutes ! invectiva de nouveau GX-16. Nous nous occuperons de ce problème plus tard !

Cynthia Glendale finit par lancer le submersible à l'intérieur de la soute.

— Il faut impérativement que nous en sachions plus, murmura le technicien d'une voix exaltée. Ils ne doivent pas nous échapper.

Laurent Saint-Pierre ne s'interrogea pas davantage sur les dernières paroles de Kroenberg. Il était clair que ce dernier en savait bien plus qu'il voulait le laisser paraître. Que signifiait ce « ils » ? Un mystère qui devrait être impérativement résolu. Quant à la nature des lentilles lumineuses poursuivies, il n'avait aucune idée de ce qu'elle pouvait être.

Mais la paroi venait d'être franchie, telle la gueule béante d'un monstre assoupi. Les projecteurs inondaient de lumière les environs immédiats du submersible : armatures pliées, poutrelles tordues, pans déchirés. Au-delà, la présence omniprésente, angoissante, de l'obscurité.

Jamais comparaison avec un Léviathan endormi n'avait été plus juste. L'armature de la soute ressemblait à un gigantesque squelette dont on aurait trituré les os avec un rayon destructeur. Cynthia Glendale suivait cette percée, le visage couvert de sueur, les mains douloureusement crispées sur les commandes.

 141

Une échelle de coupée apparut à l'angle d'une cloison, aussitôt gommée par les ténèbres. Puis des câbles se mirent à onduler dangereusement en travers des hublots.

— C'est de l'inconscience, protesta la biologiste. Continuer reviendrait à...

— Là-bas ! hurla Kroenberg en désignant du doigt plusieurs taches lumineuses. Foncez !

Cette fois-ci, les mystérieuses apparitions ne se dérobèrent pas devant le submersible qui fut bientôt assez près pour les identifier. Leur propre phosphorescence, cumulée à la lumière des projecteurs, révéla des êtres à l'aspect effrayant, totalement inconnus. S'agissait-il d'hommes ressemblant à des poissons ou des poissons semblables à des hommes ? Aucun des trois océanautes ne se serait risqué à formuler une hypothèse. La morphologie du corps était pisciforme malgré l'émergence de membres à l'état d'embryons ; le cou était réduit à sa plus simple expression, surmonté d'une tête allongée vers l'arrière où se dessinaient des yeux bien ronds, un nez limité à deux orifices, et une bouche munie de barbillons et garnie de dents pointues.

Ébahis par cette vision d'un autre monde, Laurent et Cynthia Glendale restaient pétrifiés.

— Mais c'est dingue ! parvint à murmurer la biologiste. Je n'en crois pas mes yeux.

— Plus que ça, Cynthia, c'est hyperdingue !

La stupeur atteignit son paroxysme lorsqu'au milieu des hommes-poissons surgirent les seiches. L'espace s'emplit alors de zébrures lumineuses émises par les uns et les autres.

— Ils dialoguent ! Dites-moi que je rêve ! balbutia encore Cynthia.

— Passez-moi les commandes, hurla soudain GX-16 en la bousculant sans ménagement.

— Que voulez-vous faire ? intervint Lorri.

— Ne te préoccupe pas de cela, l'ami, vociféra d'une voix agressive le technicien.

Lorri devina la manœuvre que comptait entreprendre Kroenberg. La manette de déploiement du bras télescopique dans la main, son intention ne faisait aucun doute.

— Nous ignorons ce à quoi nous sommes confrontés, Kroenberg. Arrêtez !

Le Québécois fut mis en joue par un automatique.

— Reste bien sagement assis !

— Voyons, Kroenberg, êtes-vous devenu fou ? protesta Cynthia Glendale.

— Mission spéciale... Il faut en capturer un, vous comprenez !

De sa main libre, le technicien s'empara de nouveau des commandes du bras articulé, puis il actionna les turbines.

Rapides comme l'éclair, hommes-poissons et seiches se dérobèrent à la charge furieuse du submersible.

Laurent profita d'un moment d'inattention de Kroenberg pour fondre sur lui. Emportée par son élan, la soucoupe percuta une des parois de la soute. Déséquilibré, Laurent fut précipité au sol tandis qu'un jet d'eau puissant jaillissait à l'angle d'un panneau.

Il y eut une terrible embardée. Lorri eut le temps d'apercevoir Cynthia et Kroenberg se débattre dans l'eau glacée avant de s'effondrer, inanimé.

10

Le monstre

C'est une sensation de froid qui réveilla Lorri, une sensation touchant principalement les mains et une partie du visage.

Il ouvrit les yeux et ne distingua pas grand-chose, à peine une faible clarté bleutée miroitant à la surface du liquide dans lequel il baignait, étendu. Puis la mémoire lui revenant, il sut qu'il était toujours à bord du submersible. Celui-ci accusait d'ailleurs une gîte de dix à quinze degrés.

La brèche ? Il prit appui sur un coude, se releva en s'essuyant le visage et jeta un regard inquiet vers le compteur de pression extérieure qui affichait une valeur absurde. Il aperçut deux corps inertes.

« Cynthia... Kroenberg... »

Un silence angoissant régnait dans l'habitacle. Le vrombissement des turbines s'était tu. Pourtant, en prêtant plus attention, il distingua un sifflement étouffé qui retentissait par intermittence. Sans y accorder d'importance, Lorri se précipita vers Cynthia Glendale dont le corps était aux trois quarts immergé. Par bonheur, sa tête reposait hors de l'eau.

— Cynthia ! Tu m'entends ?

Le pouls battait. Elle était vivante. Il la secoua délicatement par les épaules, puis la tira hors de l'eau.

— Que... que s'est-il passé ?

— Rien de cassé, Cynthia ?

— La tête... Oh ! ça tourne.

Des doigts tendus, Laurent lui massa la nuque.

— La soucoupe a probablement heurté un élément de la coque...

— Je me souviens... Et Kroenberg ? Où est-il ?

— Un peu plus loin. Je vais voir, ne bouge pas.

Le corps du technicien reposait en travers des sièges de pilotage. Kroenberg reprenait connaissance en grimaçant. Sa figure présentait une vilaine ecchymose à l'arcade sourcilière, mais l'os ne semblait pas atteint.

— Vous pouvez vous vanter de nous avoir flanqués dans un sacré pétrin, explosa Lorri en le redressant énergiquement.

— Les Aquariens... Les Aquariens, où sont-ils ?

— De quoi parlez-vous, Kroenberg ?

— Bon sang, les êtres qui nous sont apparus !

— C'est une véritable obsession chez vous, mon vieux. D'ailleurs, j'aimerais avoir quelques explications à ce sujet. Videz votre sac, Kroenberg !

— Je n'ai rien à vous dire. Vous les avez vus aussi bien que moi... Il faut en capturer un.

— Mon Dieu, regardez le manomètre ! s'exclama tout à coup Cynthia Glendale.

Il affichait zéro. La pression extérieure était égale à la pression atmosphérique, en surface !

— Il est probablement hors de service, Cynthia.

La biologiste se précipita vers un des hublots. Son visage se teinta de bleu.

— Nous ne sommes plus en immersion ! s'écria-t-elle en faisant volte face.

Les deux hommes bondirent à leur tour vers le hublot. À moins que l'eau ne fût subitement devenue d'une limpidité cristalline, la SP 5000 reposait de guingois sur une surface plane, vaguement translucide. Cette même matière entourait l'engin de toutes parts. Le volume ainsi délimité était vide de tout liquide.

— Je vais aller me rendre compte, décida Laurent.

— Je t'accompagne.

— Ah non, Kroenberg ! Assez de conneries pour aujourd'hui. Faites plutôt le bilan sur l'état de la soucoupe.

— N'y va pas, Lorri, intervint Cynthia Glendale. En principe, nous sommes à trois mille huit cents mètres de profondeur !

— En principe... Pourtant, tu vois bien, Cynthia, de l'autre côté de ce hublot, il n'y a pas d'eau. Nous ne pouvons rester dans l'expectative. Donne-moi un équipement de plongée.

Kroenberg ne protesta pas. Après tout, s'il y avait des risques à prendre, mieux valait que ce soit ce jeune blanc-bec qui les prenne. S'il lui arrivait malheur, une partie de son plan serait ainsi exécutée.

Le jeune homme disparut à l'intérieur du sas. Après une courte hésitation, il actionna l'ouverture du panneau extérieur.

Les pressions s'équilibrèrent en sifflant. Ce fut tout ce qu'il constata. Aucun envahissement du sas par l'eau de mer.

Il posa les pieds sur une surface molle mais résistante, se glissa sous le ventre de la soucoupe, avança vers l'extérieur. Derrière le hublot, Cynthia Glendale et Kroenberg attendaient ses commentaires.

Laurent Saint-Pierre marcha résolument vers la paroi en adressant au passage un petit signe à ses compagnons. Jusque-là, tout allait bien. Comment expliquer l'absence de pression ? La soucoupe n'évoluait-elle pas à plus de trois mille mètres de profondeur avant que ne survienne l'accident ?

Un sifflement retentit soudain. D'abord ténu, il augmenta rapidement d'intensité avant de décroître de nouveau. En même temps, un liquide verdâtre parcourut l'intérieur de la paroi, devant lui. Lorri remarqua que la luminosité bleutée qui régnait tout autour en était directement issue. Il s'approcha davantage, jusqu'à pouvoir la toucher. Derrière la matière translucide qui la composait, il devina des formes floues, preuve qu'il existait un espace au-delà.

Un deuxième sifflement monta. Comme la première fois, il assista au passage du liquide verdâtre. «Comme le sang dans une artère», songea-t-il machinalement, de plus en plus intrigué. Il avança la main, enfonça ses doigts de quelques centimètres dans l'étrange matière. Son bras fut aussitôt repoussé vers l'arrière.

Le jeune homme n'insista pas davantage de peur de provoquer une réaction imprévisible de la part de cette chose dans laquelle était englobée la soucoupe plongeante. Aucun doute, pour lui, ils étaient à l'intérieur d'un être vivant.

Sans s'attarder davantage sur l'énormité de cette constatation, il fit sauter le dispositif de sécurité de son casque. Il respira alors un air vif, surchargé en oxygène.

— Extraordinaire et terrifiant, murmura-t-il en invitant ses compagnons à venir le rejoindre.

Lorsqu'ils furent à ses côtés, Cynthia Glendale et Kroenberg, d'abord hésitants, ôtèrent à leur tour les fixations de leurs casques.

— Tu es biologiste, n'est-ce pas, dit Lorri. Cet environnement ne te rappelle-t-il rien de précis ?

— J'ai peur de répondre. On dirait...

— Un être vivant, n'est-ce pas ? Plus exactement, une cellule vivante... Une gigantesque cellule vivante !

— Elle nous aurait... ingérés, balbutia la jeune femme d'une voix blanche.

— Votre avis, Kroenberg ?

— Je n'ai rien de plus farfelu à vous proposer, si c'est ce que vous voulez savoir, fit le technicien en se massant l'arcade sourcilière.

— Réfléchissons, proposa Laurent. Le submersible a pénétré dans la soute du pétrolier. Les créatures étranges sont apparues. Il y a eu votre tentative d'en capturer une, Kroenberg, puis le choc. Nous avons perdu connaissance et nous voici à l'intérieur de... cette chose, prisonniers à notre tour !

— Tu veux dire que ces événements sont liés ? demanda la jeune femme.

Laurent Saint-Pierre fixa Kroenberg droit dans les yeux.

— Répondez-nous. Que savez-vous sur ces créatures que vous appelez Aquariens ?

Quel rôle jouez-vous dans cette affaire ? Vous ne me ferez plus croire qu'il se limite uniquement à celui d'un expert de la Hansen. Nous vous écoutons et vous avez intérêt à parler avant que la colère m'emporte !

— Ne t'imagine pas que tu m'impressionnes, jeune homme. Je vais cependant te répondre. J'appartiens à un groupement d'études et de recherches spéciales, directement mandaté par une convention internationale passée entre plusieurs pays. Voilà deux ans environ, des faits étranges commencèrent à se produire un peu partout dans le monde, obligeant certaines autorités à penser qu'il existait dans les profondeurs des mers et des océans des créatures vivantes ayant échappé jusqu'ici à toute reconnaissance. Le groupement a acquis la conviction qu'il s'agissait d'êtres intelligents ou, tout au moins, capables d'actions réfléchies. La consternation a été grande. Le dossier a été classé *top secret*. D'autres groupements, concurrents, ont découvert également l'existence de ces... Aquariens. La chasse est ouverte, mon garçon. Il est vital pour nous d'être les premiers à établir le contact avec ces créatures. Elles constituent un fantastique sujet d'expérimentation...

— J'ai beaucoup de mal à vous croire, Kroenberg, coupa Cynthia Glendale. Les expéditions scientifiques dans les océans se comptent aujourd'hui par centaines. Jamais il n'a été question de découvertes de ce genre. On l'aurait su.

— Ce qui différencie le GERS, ce sont les initiales du groupement, de vos centres scientifiques, mademoiselle Glendale, c'est qu'il a pour mission de croire à l'incroyable. Surtout à l'incroyable.

— Quelles sont vos réelles intentions, Kroenberg ? Ce groupement, auquel vous appartenez, est-il sous instance militaire ?

Le technicien eut un sourire narquois.

— Je vous en ai révélé assez.

Il se tourna de nouveau vers la biologiste.

— Le Centre de recherches scientifiques de Paris, où vous travaillez, a-t-il jamais répertorié les êtres que vous avez vous-même aperçus, mademoiselle ? Rentrent-ils dans l'une des classifications du monde vivant connu ?

Cynthia Glendale devait reconnaître que l'argument de Kroenberg était de taille. En effet, elle n'avait jamais rien vu de semblable au cours des différentes expéditions qu'elle avait menées. Jamais l'élite de

153

l'océanographie n'en avait fait mention. Pourtant, elle les avait vus. De ses yeux vus.

Laurent était perplexe. Il se revit en compagnie de Robinson. Le pauvre bougre avait peut-être surpris quelques-uns de ces Aquariens sur la plage de Donnant... Et les naufrages des unités de pêche ? Celui du supertanker ? Celui du *Yamazitsu* ? Ces événements étaient-ils liés ? Et cette princesse de rêve évoluant au milieu des monstres, dont le clochard de Belle-Île avait également fait mention, était-elle autre chose qu'une vision d'ivrogne ?

— Admettons l'impossible, reprit-il. Pour l'instant, nous sommes ici, à l'intérieur de cette entité. Toi qui es la spécialiste, Cynthia, que risque-t-il de nous arriver si nous sommes effectivement prisonniers d'une gigantesque cellule vivante ?

La biologiste longea lentement la paroi où, à intervalles réguliers, sous la pression de quelque organite, continuait à circuler le fluide verdâtre. Elle se pencha plus près, essayant de deviner la nature des ombres qu'elle dissimulait.

— Je ne peux que formuler certaines hypothèses. Cette enclave où nous sommes ressemble à une vacuole, c'est-à-dire un organe où se déroulent d'importants échanges entre des enzymes, des nutriments, ou des déchets. Théoriquement, elle devrait être remplie d'un liquide régulant la pression osmotique. La question est de savoir dans laquelle de ces catégories l'entité nous classera. En étant très optimiste, il vaudrait mieux faire partie de la dernière, les déchets. Nous aurions une chance d'être expulsés. Si, au contraire, nous sommes assimilés à de délicieux nutriments, je vous laisse deviner la suite...

— Ton exposé est clair, Cynthia, fit Lorri en déglutissant.

— Nous sommes bien arrivés ici par un chemin quelconque, s'écria Kroenberg. Le tout est de le trouver.

— J'ai bien peur de vous décevoir, répondit aussitôt Cynthia Glendale. La cellule ingère ses nutriments par endocytose, une invagination de la membrane externe. Chercher une issue serait illusoire.

— Au diable votre cellule, mademoiselle la biologiste. À l'intérieur du submersible, je trouverai bien un outil quelconque pour venir à bout de cette paroi !

— Assez divagué, Kroenberg ! intervint Laurent, décidé à en imposer. Votre geste serait pris pour une agression. Tout ce que vous gagneriez serait de précipiter notre fin... J'ai autre chose à proposer dans l'immédiat. Vérifions soigneusement l'état dans lequel se trouve la SP 5000. Nous pourrions en avoir besoin d'ici peu. À son bord, nous bénéficierons d'un peu plus de sécurité.

— Lorri a raison, approuva la jeune femme. Attaquez-vous à cette membrane et vous verrez surgir la mort dans d'atroces conditions, j'en suis également persuadée. Le pouvoir destructeur des sucs digestifs de ce monstre doit être en rapport avec sa taille !

Kroenberg sembla peser le pour et le contre, puis, finalement, il renonça à son projet.

Il leur fallut une heure bien remplie pour remettre en état le submersible. Le revêtement extérieur n'avait pas été atteint, un miracle. La brèche ouverte à proximité du sas, dans la partie basse de l'armature, mobilisa la plus grosse partie de leurs efforts. Grâce à un équipement de soudure de secours, ils en vinrent à bout.

— Cela devrait tenir à peu près, laissa tomber le Québécois. Le tout sera de ne pas traîner lors de la remontée.

Le jeune homme réalisa tout à coup qu'à travers ses propos transparaissait un optimisme outrancier. La suite des événements devait le prouver. À peine avaient-ils terminé d'écoper l'habitacle, que la paroi de la vacuole se mit à suinter. D'abord minime, ce suintement se transforma bientôt en un véritable torrent.

D'un geste prompt, Laurent condamna l'écoutille de mise à l'air, tandis que Kroenberg actionnait le système d'oxygénation. Avec anxiété, les océanautes attendirent alors l'instant où la soucoupe serait totalement immergée. Si la pression externe se remettait à grimper, la réparation de fortune sur la brèche ne tiendrait pas longtemps.

11

Un monde inconnu

Une légère secousse. Sous la montée du liquide, la soucoupe venait de s'arracher du sol. Elle fut bientôt totalement engloutie.

Cynthia Glendale manipula quelques contacts, expliquant d'une voix blanche d'appréhension :

— Je branche l'analyseur.

Quelques minutes d'attente et l'enregistreur vomit un diagramme.

— Chlore... Sodium... Magnésium... Soufre... Calcium... Potassium... Brome... Carbone... Strontium... Bore, silicium et fluor... C'est de l'eau de mer, rien que de l'eau de mer ! souffla-t-elle, soulagée.

— Pression à vingt bars ! En constante augmentation, dit à son tour Kroenberg.

Laurent Saint-Pierre jeta un coup d'œil vers le chronomètre de bord. Il leur restait une autonomie de huit heures ; la remontée vers la surface était encore possible. Il pensa à Keewat et à l'équipage du *Surveyor*. Que devaient-ils imaginer ? Les transmissions étaient-elles rétablies pour permettre l'envoi d'un SOS ? Rien n'était moins certain.

— Cinquante bars ! annonça Kroenberg.

Lorri alla vérifier la brèche. Pour l'instant, elle tenait le coup. Combien de temps encore ?

— OK, Cynthia, ça tient !

Tout à coup, la paroi de la vacuole sembla se modifier. Il se passait quelque chose.

— Elle s'étire, commenta Kroenberg.

Un iris finit par se dessiner, puis une ouverture apparut. Elle fut bientôt assez large pour permettre le passage du submersible. De l'autre côté, un tunnel se révéla alors.

— Actionne les turbines, Cynthia ! Go ! commanda Lorri.

La biologiste laissait au jeune Québécois le soin de diriger les opérations. Malgré ses vingt ans, son sang-froid l'impressionnait. Elle s'exécuta.

— Vitesse de propulsion à dix, murmura-t-elle.

Le submersible franchit l'iris, découvrant une paroi identique à celle de la vacuole. Partout régnait l'étrange luminosité bleutée qui rendait inutile l'emploi des projecteurs. En ce moment, elle teintait les visages tendus des océanautes qui, par souci d'économie d'énergie, avaient coupé l'éclairage de bord.

Des formes floues et palpitantes apparurent par endroits, au-delà de la membrane.

— Mais à quoi avons-nous affaire, chuchota Cynthia.

— C'est vivant, nous pouvons être sûrs de cela, dit Laurent sur le même ton, comme si le fait de parler à voix haute eût été suffisant pour provoquer une catastrophe.

Le tunnel se mit à descendre en vrille. Après dix minutes de progression, la biologiste fut contrainte d'immobiliser la soucoupe en coupant les moteurs. Une nouvelle membrane obstruait le passage, bientôt percée par un deuxième iris. De légères trépidations agitèrent alors le submersible.

— Vas-y, Cynthia, remets les turbines en marche.

Comme la première fois, la SP 5000 se faufila dans l'ouverture. La pression, montée jusqu'à quatre-vingts bars, se mit à décroître régulièrement. L'affichage se stabilisa sur le chiffre dix.

— Elle se joue de la pression comme elle l'entend ! dit Lorri, les yeux fixés sur le hublot.

La luminosité bleutée prit soudain une coloration plus franche. Elle passa au jaune. Et puis, brusquement, la paroi du tunnel s'évanouit, faisant place à un volume d'eau s'étalant très loin.

— La lumière vient d'en haut, dit Kroenberg. Amorcez la remontée, mademoiselle Glendale.

La biologiste exigea l'assentiment de Laurent avant d'obéir, ce qui exaspéra encore un peu plus le membre du GERS.

L'ascension prit fin au bout de vingt-cinq minutes de progression à vitesse réduite.

— Pression atmosphérique ! annonça finalement Kroenberg.

Tous trois se dévisagèrent. Avaient-ils regagné l'air libre ? C'était matériellement impossible. Alors ?

— Là-bas ! s'écria soudain Cynthia Glendale en désignant un point à travers le hublot inférieur resté immergé.

Dans la direction indiquée, à quelques mètres de profondeur sous la soucoupe, de nombreuses silhouettes étaient apparues, des silhouettes qu'ils reconnurent : celles des Aquariens.

Laurent Saint-Pierre, Cynthia Glendale et Kroenberg étaient à la fois pétrifiés et fascinés. Un véritable ballet aquatique s'organisait autour du submersible, orchestré par les hommes-poissons. La phosphorescence de leurs corps s'était considérablement amoindrie, rendant plus visible leur peau, argentée, squameuse, tachetée de noir, de gris et de bleu.

D'autres caractéristiques morphologiques se révélèrent aux yeux des observateurs. Certains Aquariens tendaient vers une forme humanoïde plus affirmée. Leur cou était plus développé, ainsi que les membres, aux extrémités palmées.

— C'est fantastique ! s'exclama Cynthia Glendale. Comment ces créatures peuvent-elles vivre à de telles profondeurs ?

Lorri haussa les épaules.

— Leur métabolisme doit y être adapté... Et n'oublie pas que, selon le manomètre, la pression extérieure est identique à celle de la surface. Encore un prodige, d'ailleurs, que j'aimerais pouvoir expliquer.

— Dans la soute du pétrolier, la pression devait pourtant avoisiner les quatre cents bars ! Vous vous rendez compte de ce que cela signifie ?

— Oh oui ! Croyez-moi, mademoiselle Glendale ! lança Kroenberg.

— Pour le moment, reprit Laurent, essayons de reconnaître l'endroit où nous sommes. Tout indique que nous avons émergé quelque part, à l'air libre, puisque nous flottons. Allons jeter un coup d'œil à l'extérieur. Je passe le premier.

La biologiste posa la main sur le bras de l'étudiant.

— Et s'ils étaient dangereux ?

— Au point où nous en sommes...

Sans ajouter une parole, Lorri déver-rouilla l'écoutille et gravit l'échelle de sortie.

Il avait les nerfs solides. Pourtant, la vue qui s'offrit à lui était à ce point ahurissante qu'il mit de longues secondes avant de recouvrer son sang-froid. Là, au-dessus de la surface de l'eau, sur laquelle flottait le submersible, se dessinait une gigantesque coupole à travers laquelle il apercevait le noir des profondeurs, mais aussi, s'élevant très haut, un être monstrueux. Sa structure, composée d'une ombrelle d'où s'échappaient de longs tentacules, était parcourue d'ondulations lentes et gracieuses. L'un de ces bras serpentiformes était directement relié au dôme, à quelques encablures du submersible. Laurent contemplait la plus énorme méduse qu'il ait jamais rencontrée ; du moins, une créature qui s'y apparentait parfaitement. Il comprit que le dôme, au sein duquel ils avaient émergé, était une sorte de bulle sous-marine les isolant de la pression régnant dans les abysses. En portant le regard sous la surface du plan d'eau constituant la base de cette bulle, où brillaient de puissants fanaux, les Aquariens allaient et venaient sans montrer de signes avant-coureurs d'une quelconque agression.

Lorri s'extirpa totalement de l'écoutille pour laisser le passage à ses compagnons.

La vue de la méduse, au-delà du dôme, les atterra.

— C'est... c'est.... inimaginable, bredouilla Cynthia Glendale, le visage entre les mains.

Kroenberg ne dit mot mais un profond émoi se lisait dans son regard.

— Chacun de ces tentacules serait capable d'adsorber notre submersible, continua la biologiste.

— EST capable, rectifia Lorri.

— Tu veux dire que...

Le Québécois opina de la tête.

— Le tunnel par lequel nous sommes arrivés à l'intérieur de ce dôme, Cynthia... Un des tentacules, tout simplement. Regarde l'ectoderme[1]. Ne ressemble-t-il pas à la membrane dans laquelle la soucoupe s'est retrouvée englobée ? Nous nageons en pleine science-fiction, je te l'accorde, mais ces êtres qui tournoient entre deux eaux ne sont-ils pas déjà capables de faire perdre la raison au plus irréductible des esprits cartésiens ?

Il désignait du doigt les hommes-poissons, de plus en plus nombreux. Kroenberg les étudiait d'un œil gourmand.

---

1. Membrane externe de l'ombrelle d'une méduse.

«Un chat devant un poisson rouge», pensa Lorri en observant le technicien.

Un peu plus profondément sous la surface du plan d'eau, chevauchant de curieux appareils, dont la forme rappelait vaguement celle de scooters de mer, ils aperçurent un autre groupe d'Aquariens qui disparut vers une destination inconnue.

— Voici, s'il en était encore besoin, la preuve qu'ils sont doués d'intelligence !

— Sûrement qu'ils le sont, ronronna le membre du GERS.

— Il y a du nouveau, intervint Cynthia en montrant un point éloigné sur le plan d'eau où s'élevait une muraille.

Ce détail leur avait échappé jusque-là. Une sorte de sas s'y ouvrait lentement, et une demi-douzaine d'embarcations apparurent. Elles se dirigèrent vers le submersible.

— Voilà le comité d'accueil, glissa Laurent. Nous allons enfin être fixés sur le sort extraordinaire que nous vivons depuis l'exploration du RDP-94. Du moins, je l'espère.

— Vont-ils nous comprendre ? Je doute qu'ils parlent notre langue, fit la biologiste, visiblement inquiète.

— Je crois qu'ils sont décidés à établir le contact, d'une manière ou d'une autre, expliqua Lorri. J'ai même la conviction que, dans le cas contraire, il y a longtemps que nous serions passés de vie à trépas.

Laurent réalisa tout à coup qu'il se préparait à entrer en liaison directe avec une race intelligente, différente de la sienne, celle des hommes. À moins que les Aquariens ne fussent le résultat de quelque manipulation génétique cachée, réalisée secrètement par une puissance de la surface. Ce n'était pourtant pas ce qu'avait laissé sous-entendre Kroenberg dans ses propos. Le plus incroyable de l'histoire était qu'ils aient totalement échappé aux différentes explorations océanographiques de toutes sortes, menées partout dans le monde.

Les embarcations approchaient. Elles furent enfin assez près pour être détaillées. Aucune rame ne les propulsait ; pas un bruit de moteur ne résonnait. Hormis le fait qu'elles flottaient, leur nature exacte restait un mystère. Quant aux occupants, au nombre de cinq ou six par embarcation, ils étaient différents des hommes-poissons. Visiblement, leurs têtes possédaient une chevelure couleur argent. Elles laissaient apparaître un faciès nettement plus humain. Les corps étaient habillés de vêtements courts et amples, rappelant les chlamydes de l'Antiquité, de gris et de bleu mêlés, d'où partaient des membres quasi normaux, excepté la couleur verdâtre de la peau, envahie d'innombrables taches de rousseur. La plupart d'entre eux étaient munis de longues piques dont les extrémités miroitaient sous la lumière. Chaque embarcation semblait commandée par un chef, au front cintré d'une tiare sertie d'incrustations jetant mille feux.

Lorsque la première embarcation accosta le submersible, les naufragés se rendirent compte qu'elle se déplaçait sous l'action de nombreux appendices vibratiles. Ce qu'ils avaient pris pour de simples embarcations n'en était pas. Il s'agissait en réalité de créatures vivantes, de plusieurs mètres de longueur, présentant en leur centre une vésicule oblongue à l'intérieur de laquelle prenaient place les occupants.

Le chef de l'embarcation leva le bras en s'exprimant dans un langage inconnu. Les océanautes comprirent néanmoins qu'il les invitait à le suivre. L'ensemble de la flotte s'était d'ailleurs divisé de part et d'autre du submersible.

— La seule chose que nous puissions faire étant de les suivre, Cynthia, je te demanderais de remettre les turbines en marche, à vitesse réduite, pendant que Kroenberg et moi restons à l'extérieur. Il n'y aura ainsi aucune méprise quant à nos intentions.

Sans discuter l'ordre de son compagnon, la biologiste disparut dans l'écoutille. Quelques secondes plus tard, la SP 5000 se mettait à glisser au milieu de l'escorte aquarienne.

Il avait fallu trois milliards d'années pour arriver à la naissance d'Okeanos, trois milliards d'années entre l'apparition du premier micro-organisme dans la mer primitive et la ville vers laquelle se dirigeait les océanautes, bâtie tout en hauteur, véritable cité sous-marine.

Au fur et à mesure qu'approchaient les embarcations, la ville se révélait dans toute sa splendeur. Il était impossible d'en embrasser l'étendue d'un seul regard.

L'allure générale (les constructions étaient agencées du centre vers la périphérie par ordre de hauteurs décroissantes) en laissait pourtant deviner les limites, celles du dôme. Quelle en était la nature exacte pour être capable de résister à la gigantesque pression extérieure ? Il constituait un véritable exploit technologique, dépassant tout ce qui avait été réalisé sur terre jusqu'à présent.

Laurent Saint-Pierre devina qu'ils étaient en présence d'un peuple aux facultés exceptionnelles, parfaitement adapté à l'élément aqueux. Une foule de questions se bousculait dans son esprit sur l'origine de ce peuple extraterrien. À la surface, les méthodes d'investigations devenaient de plus en plus perfectionnées et pointues. Comment l'existence des Aquariens avait-elle pu échapper aux appareils de télédétection des océanographes ? Il y avait là un mystère.

La flottille s'engagea dans l'ouverture trouant la muraille et pénétra dans la cité, baignée par une luminosité d'aquarium issue, semblait-il, du dôme lui-même. Les constructions étaient tout en hauteur, mais leur architecture était élégante. Point d'arêtes vives, point de cubes de béton, mais des lignes douces, parfois tarabiscotées, formant un enchevêtrement de palais, de tours, de nefs ou de colonnes, au pied desquels zigzaguaient de larges artères où, curieusement, ne circulait aucun véhicule. Certaines d'entre elles se divisaient en voies plus étroites et grimpaient directement à l'assaut des façades des bâtiments autour desquels elles dessinaient de longues spirales.

D'emblée, Lorri constata que la cité n'était pas surpeuplée. Les artères les plus visibles, hormis quelques silhouettes par-ci par-là, se révélaient quasi désertes.

Le submersible, sous les directives muettes de l'Aquarien à la tiare, prit la direction d'une petite anse artificielle : le port. Il était encadré par deux jetées sur lesquelles deux statues avaient été érigées. La première représentait un Aquarien au rictus farouche ; la seconde, une déesse aux traits d'une finesse extrême lui tendant la main.

« Elles doivent symboliser quelque chose », songea le jeune homme dont la curiosité était de plus en plus sollicitée.

Les détails architecturaux des cons-tructions apparaissaient maintenant avec plus de netteté. La fluidité des lignes était évidente. Aucun angle, mais de nombreuses courbes. L'ensemble donnait l'impression d'un moule unique d'où serait sortie, d'un seul tenant, la totalité des bâtiments.

Une autre caractéristique frappante était l'analogie avec certaines formes du monde marin. Un quartier donnait l'illusion d'un énorme récif corallien ; un autre, d'une colonie de patelles[2]. À certains endroits, les toitures se transformaient en ombrelles, tandis que les parties sous-jacentes prenaient l'allure de grosses hydres bourgeonnantes.

La promenade toucha à sa fin. Cynthia Glendale coupa les turbines et vint rejoindre ses compagnons. Autour d'eux, la plupart des Aquariens quittèrent leurs étranges montures et se rangèrent sur deux colonnes.

L'individu à la tiare émit un ordre bref, toujours en langue inconnue.

— Nous voilà arrivés à destination, dit le jeune Québécois. Nous devons nous résoudre à abandonner la SP 5000...

Sur le visage de Cynthia Glendale, un sentiment de crainte apparut.

---

2. Mollusque marin à coquille conique. Nom commun : bernique.

— Jusqu'ici, ils ne nous ont fait aucun mal, la rassura Lorri en lui saisissant la main. Pas de panique, donc. Pense à l'expérience que tu vis, Cynthia. Nous voici devenus les ambassadeurs de la gent terrienne auprès d'une race intelligente inconnue !

Kroenberg ricana.

— Les ambassadeurs ? Vous oubliez qu'ils sont responsables de nombreux naufrages. Ce sont là des actes belliqueux ! « Prisonniers » serait plus approprié pour décrire notre situation.

— En attendant, Kroenberg, ne tentez rien qui risquerait de provoquer un changement d'attitude de leur part. Compris ?

Le technicien garda le silence.

Ils escaladèrent l'escalier monumental contre lequel était venue s'amarrer la soucoupe plongeante. Lorsqu'ils accédèrent à la dernière marche, une large avenue s'ouvrit devant eux. À l'extrémité opposée, une construction cyclopéenne aux multiples colonnades leur faisait face.

— Vous ne trouvez pas que cela ressemble à la Grèce antique ? fit la biologiste.

— Je suis de ton avis, Cynthia. Cette cité présente un curieux amalgame de styles.

Mais après tout, dans nos grandes villes, les gratte-ciel côtoient également des bâtisses nettement plus anciennes.

Sans aucune brutalité, les Aquariens les pressèrent sur l'avenue. Ils marchèrent vers le temple. Pendant le trajet, ils passèrent à proximité d'une bouche souterraine, de laquelle sortirent plusieurs Aquariens. Leur morphologie était encore différente, ou plutôt elle se situait entre celle des gardes, composant l'escorte, et celle des Aquariens aperçus dans la soute du RDP-94. Ils s'éloignèrent d'un pas malhabile.

— Si vous voulez mon opinion, reprit Cynthia, leur évolution est différente de la nôtre. Elle doit passer par plusieurs stades, chacun de ces stades se côtoyant l'un l'autre.

— Ta théorie tient la route. Qu'en pensez-vous, Kroenberg?

— Tout ce qui m'intéresse, avoua le technicien d'une voix rapide, c'est d'en apprendre le plus possible sur leurs capacités.

Encore une fois, Laurent pensa que le membre du GERS suivait un but précis et qu'il ne manquerait pas de tout mettre en œuvre pour parvenir à ses fins.

Arrivés au pied du temple, les naufragés gravirent un nouvel escalier. La construction présentait un fronton ouvragé où s'inscrivaient diverses scènes retraçant quelque épisode de l'histoire des Aquariens. L'intérieur se révéla d'une propreté à toute épreuve. L'aspect vitrifié des matériaux utilisés, semblable au marbre ou à l'onyx, renforçait cette impression de perfection et de netteté. De chaque côté de l'allée centrale courait une galerie souterraine, brillamment éclairée, recouverte d'une épaisse couche de verre ou d'une matière en tenant lieu. L'étonnement figea les traits des prisonniers lorsqu'ils remarquèrent qu'elles étaient inondées et parcourues en tous sens par des Aquariens vaquant à différentes occupations. Lorri en déduisit que, partout sous la cité peut-être, couraient de telles galeries. Elles permettaient aux Aquariens en début d'évolution de se rendre où bon leur semblait. Un métro aquatique, en quelque sorte.

Un calme religieux régnait à l'intérieur du temple, troublé uniquement par le martèlement de leurs pas. Après tout, n'étaient-ils pas dans le monde du silence ?

Ils franchirent une cour intérieure bordée d'un péristyle, puis descendirent encore un escalier, entrecoupé à intervalles réguliers de paliers sur lesquels des Aquariens, parvenus à stade évolué, montaient la garde. Ils débouchèrent enfin à l'entrée d'une vaste salle hypostyle.

Un spectacle grandiose s'offrit alors aux prisonniers. Derrière les colonnes, la vue plongeait vers une seconde ville, bâtie hors du dôme, comme une banlieue.

12

Océania

Cette banlieue se perdait dans la profondeur de la nuit marine. Laurent Saint-Pierre devina qu'elle avait été édifiée pour la catégorie d'Aquariens n'ayant encore subi aucune métamorphose : des hommes-poissons y allaient et venaient dans une incessante chorégraphie.

De leur position, il était difficile aux naufragés de détailler précisément l'architecture de cette banlieue. Chaque maison marine avait la forme d'un igloo, rendu luminescent par quelque système enzymatique inconnu.

Cynthia Glendale montra tout à coup des signes d'agitation.

— J'ignore ce qui m'arrive... Je... j'entends une voix. Quelqu'un me parle à l'intérieur de la tête !

— Tu n'es pas la seule, Cynthia. Rassure-toi, je l'entends également, fit Lorri, atterré.

Tous les deux interrogèrent Kroenberg du regard.

— J'entends, moi aussi... Fascinant !

— La voix nous demande d'avancer, reprit le jeune homme. Allons-y.

Devant eux s'ouvrit une allée de marbre blanc, bordée de chaque côté par de grandes effigies, en marbre blanc également. Une fois encore, Lorri fut surpris de reconnaître bon nombre d'entre elles : Téthys, Protée, Nérée, Poséidon, Glaucos... Toutes appartenaient à la mythologie grecque.

Au martèlement de leurs pas sur le sol s'ajouta un bruissement d'eau auquel se mêlaient des notes d'instruments à cordes, harpes ou lyres.

Ils parcoururent une cinquantaine de mètres. L'allée prit fin en haut d'un hémicycle. Une assemblée d'Aquariens s'y tenait. Mais ce qui accapara aussitôt leur attention, ce fut la jeune femme qui présidait cette assemblée. Elle était d'une beauté envoûtante, extatique. Sa chevelure d'un blond éclatant, ornée de pierres aux multiples reflets, tombait en cascade sur ses épaules en partie dénudées. Le reste du corps était enveloppé d'un galuchat[1] couleur jade et d'une cape vaporeuse en linon blanc.

Partout dans le monde, les grands photographes auraient sans doute donné cher pour l'avoir en couverture de leurs magazines.

« Est-ce elle, cette princesse dont parlait Robinson ? » En relatant son aventure, le clochard n'avait été victime d'aucune hallucination ; les Aquariens existaient bel et bien. Il devait en être de même pour la princesse dont il avait fait mention.

Pour la deuxième fois, un ordre impérieux retentit dans l'esprit des océanautes : « Approchez, Terriens ! »

D'un pas rendu hésitant par l'étonnement, ils avancèrent à l'intérieur de l'hémicycle. Les harpes et les lyres s'étaient tues, laissant toute la place au bruissement d'un jet d'eau jaillissant d'une imposante fontaine.

---

1. Peau de raie ou de requin utilisée en maroquinerie.

181

Laurent-Saint-Pierre se hissa le premier à la barre faisant face au trône, car nul doute qu'il s'agissait d'un trône, où était assise la souveraine des lieux. Il put détailler son visage, un visage d'une finesse extrême où brillaient des yeux étrangement fixes. La couleur de sa peau, d'un vert léger, était tout aussi surprenante.

— Bienvenue à Okeanos, Terriens ! Je suis Océania, princesse des abîmes et des terres immergées. Ce monde sera le vôtre jusqu'à ce que vous subissiez l'oracle d'Héména.

Le jeune homme avait immédiatement reconnu la voix ; elle était identique à celle qui, par deux fois déjà, avait résonné dans son esprit. Une voix hautaine, habituée à commander. Cette fois-ci encore, il ne s'étonna pas de la langue employée : le français. Tant de choses étaient à ce point incroyables...

« Ce monde sera le vôtre jusqu'à ce que vous subissiez l'oracle d'Héména. » Ne venait-elle pas de fixer leur sort ? Que pouvait bien être cet oracle d'Héména ? Les questions se bousculaient dans la tête du Québécois. Certaines devaient absolument recevoir une réponse.

— Princesse Océania, je m'appelle Laurent Saint-Pierre. Je suis ici, en compagnie de mes amis, par accident...

— C'est ridicule! murmura Kroenberg entre ses dents.

— ... nous avons été victimes d'une avarie de plongée. Depuis, nous nous débattons dans un maelström d'incompréhension. Pouvez-vous nous fournir les explications que nous sommes en droit d'attendre?

— Votre perplexité est légitime, répondit la jeune femme. Notre existence doit vous paraître difficile à admettre... Et pourtant... nos origines sont aussi anciennes que les vôtres!

Kroenberg montrait des signes d'agacement de plus en plus évidents.

— Vous êtes responsable du naufrage d'un bon nombre de nos navires, n'est-ce pas? coupa-t-il brutalement.

La princesse Océania fixa le technicien.

— Les océans et les mers nous appartiennent, Terrien. Depuis quelque temps, vos activités font peser une menace sur notre peuple. Non contents de souiller et d'épuiser votre propre espace, vous voudriez maintenant vous emparer du nôtre afin de l'exploiter à votre convenance, c'est-à-dire d'en

 183

gaspiller les richesses... Pendant des milliers d'années, le peuple d'Okeanos a vécu dans l'ombre des profondeurs, laissant votre race disposer de la planète sans restriction aucune. Aujourd'hui, il en va différemment. Les naufrages constituent un avertissement.

— Voyez-vous cela ! éclata Kroenberg en ricanant. Vos exactions ne resteront pas impunies. Toute résistance sera vouée à l'échec. Que vous le vouliez ou non, PRINCESSE, vous serez dans l'obligation de vous soumettre. Nous avons les moyens de vous balayer en moins de temps qu'il ne faut pour le dire, ma belle !

Le regard d'Océania brilla d'un éclat dur.

— En êtes-vous sûr, Terrien ?

Tout à coup, Kroenberg tituba en gémissant. Il se prit la tête dans les mains, se mit à hurler.

— Arrêtez, princesse Océania ! intervint Lorri. Vos pouvoirs dépassent les nôtres, et mon compagnon le reconnaît.

Laurent pensa que le technicien subissait une bonne leçon. Pourtant, il ne pouvait se résoudre à laisser faire la princesse des abîmes qui, c'était évident, possédait des dons paranormaux.

Kroenberg tomba à genoux, le souffle coupé. Le regard d'Océania redevint neutre.

— Que ceci vous serve d'avertissement. Beaucoup d'entre nous seraient capables de vous neutraliser sans même avoir besoin de vous toucher.

Elle désigna de l'index Laurent Saint-Pierre et Cynthia Glendale.

— Quant à vous, vous porterez désormais les noms de Khôr et de Dahia, ce qui signifie «les messagers».

Un groupe d'Aquariens se détacha soudain et vint se placer à leur hauteur. L'entretien était clos.

— Qu'allez-vous faire de nous, princesse Océania? demanda Lorri, frustré par le manque d'explications.

— Le Grand Conseil va se réunir. Vous y subirez l'oracle d'Héména. D'ici là, Okeanos vous est ouverte. Allez!

Encadrés par l'escorte des gardes aquariens, les océanautes rebroussèrent chemin. Au passage, Lorri étudia la composition de l'assemblée. Sur les gradins, la répartition des membres n'était pas faite au hasard. Elle prenait en compte une certaine hiérarchie. Des derniers aux rangs les plus proches, l'ornementation des tenues vestimentaires allait croissante. Ainsi, les Aquariens des premiers rangs arboraient de somptueuses cuirasses de métal jaune dont la nature ne faisait aucun doute. La richesse des tiares variait dans le même sens.

Ils regagnèrent l'allée aux effigies, puis, toujours accompagnés de leurs anges gardiens, retrouvèrent l'extérieur du palais. On les mena vers une construction de plusieurs étages, le long de laquelle grimpait une rampe d'accès. À proximité immédiate, ils se rendirent compte qu'il s'agissait d'un large escalier mécanique.

Au fil de l'ascension, Laurent repéra d'autres escaliers semblables véhiculant des groupes d'Aquariens plus ou moins isolés, qui vaquaient à leurs occupations. Certaines de ces rampes mouvantes montaient, d'autres descendaient, d'autres encore se faufilaient habilement entre les différents quartiers de la cité. Les ingénieurs d'Okeanos avaient trouvé là un moyen efficace de résoudre le problème des transports en commun.

En dépit du sentiment de plénitude qui semblait se dégager de la ville, le Québécois ressentait un manque : l'absence de ciel, d'horizon, de nuages et de vent. Aucun chant d'oiseau n'égayait cet espace sous cloche, pas plus qu'il n'était possible d'y observer les levers ou les couchers de soleil... Cet univers n'était pas le sien, il le savait déjà.

Cela faisait près d'une heure qu'ils étaient à l'intérieur d'un appartement privé. Le logement était un deux-pièces. Une vaste salle, sans mobilier au sens où on l'entend généralement, car, à plusieurs endroits, des rangements et des sièges apparaissaient, intégrés aux murs par d'adroites circonvolutions de ceux-ci. Pas de canapé, mais de confortables alvéoles garnies d'un revêtement moelleux. Au centre, Cynthia Glendale crut être en présence d'un large aquarium où n'évoluait aucun poisson. Lorri secoua la tête.

— Tu fais erreur, Cynthia. Il s'agit en réalité d'un sas d'accès pour les hommes-poissons. Il doit être relié à un conduit général, communiquant directement avec la banlieue. Comment fonctionne-t-il ? Un mystère, car les problèmes d'équilibrage de pressions doivent être énormes. Grâce à ce système, les hommes-poissons ont accès partout.

L'utilisation de la seconde pièce, de dimensions nettement plus réduites, ne faisait aucun doute. Il s'agissait d'une chambre. Contigu, un espace plus petit encore servait de salle d'hygiène. Cynthia y trouva plusieurs tenues vestimentaires locales qui remplacèrent avantageusement leurs combinaisons, devenues avec le temps franchement inconfortables.

Laurent jugea la biologiste d'un œil satisfait.

— Là-haut, tu ferais un malheur. Tu es mignonne à croquer !

— Vous n'êtes pas mal non plus, monsieur Saint-Pierre. Océania aurait dû vous baptiser *Apollon* !

Lorri inclina le buste tandis qu'ils éclataient de rire.

— Non mais écoutez-les ! rugit Kroenberg. Dois-je vous rappeler où nous sommes ? Vous semblez avoir oublié une chose importante : que vous le vouliez ou non, cette mission est devenue mission d'État. Je représente plusieurs gouvernements alliés et, à partir de maintenant, vous êtes sous mon autorité. C'est compris ? Vous allez m'aider à tout mettre en œuvre pour regagner la surface !

— Regagner la surface... Croyez-vous que ce n'est pas là notre désir tout autant que le vôtre, Kroenberg ? répondit le Québécois en se campant devant le technicien. Un peu de bonne humeur n'a jamais nui à personne. Maintenant, écoutez-moi bien. Si nous sommes ici, c'est en partie à cause de vous. Croyez-vous que je n'ai pas compris les plans que vous poursuivez, vous et votre groupement de recherches spéciales ? Les Aquariens, vous les voulez pour vous. J'imagine sans peine ce qu'ils peuvent représenter aux yeux des gens de votre espèce. La leçon dans l'hémicycle ne vous a-t-elle pas suffi ? Nous sommes à leur merci, et vous agirez à MA manière, gouvernements alliés ou pas !

Le visage de Kroenberg se décomposa. Il fut sur le point de se lancer sur l'étudiant. Pourtant, la morphologie de son adversaire laissait supposer un combat difficile dans lequel il avait toutes les chances de prendre de mauvais coups.

— Ce n'est vraiment pas le moment de vous bagarrer, intervint Cynthia Glendale en voyant l'animosité envahir les deux hommes.

La voix de la raison ! Laurent mit fin à la discussion en plaçant avec force une chlamyde dans les bras du technicien. Kroenberg hésita, puis se résolut à se débarrasser de la combinaison qu'il n'avait toujours pas quittée.

— Tout ceci est extraordinaire, reprit la biologiste pour calmer les esprits. Sommes-nous éveillés ? J'ai le sentiment de vivre un rêve aussi angoissant qu'exaltant. Te rends-tu compte de ce que représente notre découverte ?

— Parfaitement, Cynthia. Le bouleversement qu'elle provoque en nous est difficilement maîtrisable, hein ?

— Qui sont-ils vraiment ? D'où viennent-ils ? Certains d'entre eux sont plus proches du poisson que de l'être humain.

— Nous avons affaire à une race amphibie intelligente, quasi étrangère à la nôtre, et le comble, évoluant sur la même planète. Nous ne pouvons même pas parler d'extraterrestres !

— Les Aquariens vivant sous le dôme présentent des analogies évidentes avec notre morphologie. Quant à la princesse Océania, si ce n'était la couleur de sa peau...

— Et que dire des similitudes avec la Grèce antique ? Je ne sais que te répondre, Cynthia.

— C'est pour cette raison qu'il faut en savoir plus, cracha Kroenberg en sortant de la salle d'hygiène.

Jusqu'à maintenant, les naufragés n'avaient pas pris soin de vérifier si le sas d'entrée de l'appartement était verrouillé. GX-16 marcha résolument dans sa direction. Le sas fonctionna et s'ouvrit.

Les deux hommes et la jeune femme se dévisagèrent, incrédules. La ville d'Okeanos leur était-elle ouverte comme l'avait annoncé la princesse Océania ?

Trois gardes étaient en faction dans le couloir d'accès. Lorsque Laurent Saint-Pierre, Cynthia Glendale et Kroenberg franchirent le sas, aucun d'eux ne s'interposa. Ils leur emboîtèrent simplement le pas.

— Océania ne nous a pas menti, fit Lorri. Il faudra simplement nous accommoder de nos anges gardiens. Que diriez-vous d'en apprendre un peu plus en visitant la cité ?

— Et comment ! approuva la biologiste. Dommage que nous n'ayons pas une caméra. Vous imaginez le reportage !

— Ne rêve pas, Cynthia, répondit Laurent en souriant. D'abord, je doute que l'on t'autorise à photographier quoi que ce soit. Puis, une fois revenue à la surface, tu passerais pour la plus jolie des affabulatrices !

— Nous ne sommes pas ici pour faire du tourisme ! gronda Kroenberg avec mauvaise humeur.

Hormis la nature inconnue des matériaux utilisés, bien que ceux-ci ressemblassent à de la résine, et l'architecture particulière caractérisant les gratte-ciel d'Okeanos, la construction pouvait s'apparenter à n'importe quel immeuble moderne bâti en surface. Comme à l'aller, ils gagnèrent l'extérieur par un second sas débouchant directement sur l'escalier mobile.

— Je crains que nous ne puissions descendre par ici, remarqua le Québécois. La fonction de cet escalier n'est que de monter.

Comprenant sans doute le problème, un des gardes pointa le bras dans la direction opposée.

— Il doit en exister un pour descendre à l'autre extrémité du couloir que nous venons de parcourir, conclut Cynthia.

— Juste. Allons-y.

Cinq minutes plus tard, ils quittaient l'immeuble. En longeant le couloir en sens inverse, l'absence de bruits inhérents au train-train quotidien renforça l'étudiant dans son idée. Okeanos était peu peuplée. La plupart des appartements ne semblaient pas occupés.

— Quelle direction proposes-tu, Lorri ? demanda la biologiste en désignant d'un mouvement du bras l'étendue de la ville.

— Ma foi, que diriez-vous de reprendre l'avenue du palais ? Si je me souviens bien, elle m'a semblé se prolonger assez loin.

— Inspecter les abords du port serait plus judicieux, intervint GX-16. La sortie est par là, ne l'oubliez pas.

Laurent Saint-Pierre ne jugea guère utile de discuter la contre-proposition avancée par Kroenberg. Si la sortie se situait effectivement de ce côté, ils n'avaient aucune idée de la manière de franchir le dôme, encore moins sur celle d'utiliser le monstre qui en gardait les abords.

— Va pour le port, décida-t-il. Nous irons explorer l'avenue un autre... moment.

Il avait failli dire «jour». Combien de temps resteraient-ils enfermés à Okeanos avant que la princesse Océania ne décide de leur sort?

Tout le temps que dura la descente, Lorri songea également à l'excentricité de la situation. Il était vêtu comme l'étaient autrefois les habitants de la Grèce antique et il déambulait dans une ville bâtie sous cloche à quatre mille mètres de profondeur sous la surface de la mer... De quoi perdre la raison!

Les gardes marchaient sur leurs talons. Ils ne montraient aucune âpreté à leur égard, les laissant aller où ils voulaient. Leur armement n'était constitué que de ces lances au bout desquelles brillait une ogive de cristal ou de verre, dont l'utilité leur échappait. Mais peut-être étaient-ils doués également de pouvoirs paranormaux, comme celui d'agir sur la pensée. Lorri remarqua également que leurs doigts, pieds et mains, étaient palmés.

La visite du port ne leur apprit rien sur un éventuel moyen de fuir le dôme. Au-delà de sa surface lisse et lumineuse, ils n'apercevaient pas l'être fabuleux qui, selon le jeune homme, les avait amenés à Okeanos. Probablement n'était-il visible que de l'avant-port, derrière le sas principal. Aucune des créatures à bord desquelles avaient pris place les membres du comité d'accueil ne fut non plus repérée. Seuls, par moments, des bancs d'hommes-poissons filaient sous la surface de l'eau, parfaitement localisables grâce à quelque éclairage sous-marin. Quelque chose pourtant rendit espoir aux océanautes : la soucoupe plongeante. Elle était là, accolée sagement à l'escalier d'accès, seul lien avec le monde d'en haut.

Kroenberg désigna les hommes-poissons qui continuaient à aller et venir.

— Vous imaginez quelle pêche miraculeuse ça ferait !

Ni Laurent ni Cynthia Glendale ne relevèrent les propos sarcastiques du technicien. Kroenberg avait une idée fixe et il ne voulait pas en démordre.

Deux heures durant, ils explorèrent la cité sous-marine. Ils descendirent dans une des galeries d'où sortaient régulièrement des Aquariens en voie d'évolution. La comparaison de Laurent avec un métro aquatique n'était pas abusive. Chaque bouche aboutissait à une station où circulaient d'étranges rames. Ces rames étaient constituées à la fois de wagons ouverts et de wagons fermés. Dans les premiers prenaient place les Aquariens n'ayant pas achevé leur mutation ; dans les seconds, sans doute, les Aquariens en fin d'évolution. Cette dernière hypothèse fut confirmée par l'arrivée d'une rame occupée uniquement par des Aquariens vêtus de chlamydes.

— Voilà qui devrait accélérer nos déplacements, dit Kroenberg en désignant la rame.

Lorri pointa l'index vers la voiture hermétique la plus proche.

— C'est possible ? demanda-t-il aux gardes.

Il n'espérait pas un échange verbal. Jusqu'ici, les Aquariens étaient restés muets. La réponse vint pourtant par un signe du bras qui fut pris pour un acquiescement.

Le groupe entier grimpa à bord de la voiture. Quelques secondes après, le sas se referma en chuintant. La rame se mit ensuite en mouvement, d'abord lentement, puis plus rapidement. Commença alors le plus fascinant des voyages. Derrière la bulle du cockpit, les terriens virent défiler d'étranges paysages où s'exprimait, sous les formes les plus diverses, la culture aquarienne. Beaucoup de ces formes n'étaient pas identifiables, mais ils devinèrent que, derrière chacune d'entre elles, se dissimulait une vive activité. Le tracé de ce métro circulait entre les fondations des différents quartiers d'Okeanos. Dans l'une des stations, ils reconnurent le sous-sol du palais d'Océania. Là également, l'art s'exprimait en majestueuses sculptures dont un éclairage judicieux faisait ressortir la perfection des lignes. À un moment donné, les visiteurs eurent le sentiment de parcourir une ville antique, engloutie à l'apogée de sa splendeur : temples d'ordre ionique, portiques aux nombreuses caryatides, théâtres monumentaux, acropoles grandioses... Plus loin, l'architecture retrouva les caractéristiques du dôme, à cette différence près que les constructions n'étaient plus agencées en hauteur, mais en longueur. Des engins inconnus parcouraient les murs, certains luminescents comme l'étaient les hommes-poissons. Là encore, il pouvait s'agir de créatures vivantes, utilisées par les Aquariens dans leurs labeurs quotidiens. Le tracé de la voie domina tout à coup une profonde vallée où, suspendues dans le vide, planaient de gigantesques méduses. Avec la distance, il était difficile de dire si leurs dimensions avoisinaient celles de l'être cauchemardesque gardant le dôme. La rame les laissa rapidement derrière elle, puis pénétra dans la banlieue d'Okeanos. *Féerique*, c'était le mot. Voir ainsi évoluer les hommes-poissons, comme des lucioles par une nuit sans lune, ne pouvait que provoquer le ravissement, un ravissement teinté de crainte. La rame s'arrêta à plusieurs stations avant de quitter définitivement l'agglomération et de retrouver le dôme. Elle s'immobilisa à son point de départ.

Ainsi, le métro sous-marin parcourait la totalité du royaume d'Okeanos. Ce royaume, en lui-même, n'avait rien de plus qu'une grande cité terrestre. Par contre, le fait qu'il ait été édifié à quatre mille mètres de fond le rendait unique et inégalable. En effet, comment les Terriens pourraient-ils être capables d'un tel tour de force ? La princesse Océania régnait à la tête d'une civilisation avancée, susceptible d'attiser bien des convoitises.

13

L'oracle d'Héména

L'exploration de la cité avait pris fin. Lorsqu'ils quittèrent la bouche de métro, la luminosité du dôme avait nettement diminué, cédant la place à une semi-obscurité.

— Il fait nuit ! glissa Cynthia.

— En effet, approuva Lorri. Sans doute est-ce là une nuit artificielle, mais elle permet aux Aquariens de maintenir un certain rythme circadien.

— Cela voudrait dire qu'ils en ont eu un jour la connaissance et que leur mémoire ainsi que leur corps en ont conservé le souvenir… Vivaient-ils à la surface, alors ?

Un des gardes posa la main sur l'épaule de Laurent et montra une direction précise.

— Il nous convie à rejoindre l'appartement, je présume. Allons-y. D'ailleurs, je tombe de sommeil.

— Moi également, reconnut la biologiste. J'ai besoin d'un repos réparateur pour m'éclaircir les idées. Pourtant, ma pauvre tête est à ce point bourrée d'images insolites que je doute de trouver le sommeil !

Kroenberg fit contre mauvaise fortune bon cœur. La visite de la cité ne lui avait pas appris grand-chose sur les moyens dont disposaient les Aquariens pour se défendre, ni sur l'énergie qu'ils utilisaient pour alimenter le dôme. Pour l'instant, à l'instar de ses compagnons d'infortune, il ressentait la nécessité de prendre du repos. De quoi être en pleine possession de ses moyens lorsqu'il déciderait de prendre la fuite, d'une manière ou d'une autre, avec ou sans eux.

De retour à l'intérieur du logement, ils eurent une agréable surprise. La table était dressée. Tout au moins la structure qui en tenait lieu. Il n'y avait pas de couverts mais des plats bien garnis, desquels s'échappait un curieux mélange d'odeurs. Si ces odeurs étaient inconnues, elles n'en étaient pas moins appétissantes.

— Au moins, nous ne mourrons pas de faim ! constata le jeune Québécois.

— Tout ceci doit être immangeable, ricana Kroenberg avec dégoût.

— Qu'en savez-vous, mon vieux ? D'abord, il faut goûter. Offrir à manger aux gens est une marque de considération.

— Ouais ! Eh bien, allez-y ! Trop peu pour moi, merci !

Cynthia Glendale se pencha de plus près sur le menu proposé.

— La base de cette nourriture est forcément le poisson, le crustacé ou l'algue, dit-elle en plongeant les doigts au hasard dans l'un des plats et en les portant à la bouche.

— Très correct ! jugea à son tour Lorri après avoir avalé une bouchée d'une purée brune, décorée de fines lanières vertes au goût sucré.

La boisson était constituée d'un liquide clair, légèrement acidulé.

— Ce n'est peut-être pas du champagne, fit encore Lorri, mais c'est rafraîchissant.

— Tu as une idée sur cet... oracle d'Héména auquel la princesse Océania a fait allusion ?

— Pas la moindre, Cynthia.

Le visage de la biologiste marqua l'inquiétude.

— Il faut être réaliste, dit-elle, protéger son royaume revient à en interdire l'accès ou la sortie... Nous sommes prisonniers ici pour le restant de notre vie. Jamais elle ne prendra le risque de nous relâcher.

— Dans ce cas, il aurait été plus facile pour elle de nous laisser à bord du submersible, nous étions condamnés. Au lieu de cela, les Aquariens nous ont sauvés. Il doit y avoir une raison.

— Et à quoi riment ces surnoms dont elle nous a affublés ?

— « Messagers » veut dire porteurs de message… Non, je reste persuadé que la princesse Océania nous réserve à chacun un rôle bien précis.

La jeune femme baissa le ton.

— As-tu remarqué l'animosité avec laquelle elle s'adresse à notre compagnon ? murmura-t-elle en parlant de Kroenberg, disparu dans la pièce voisine.

— Cette animosité vient en réponse à sa propre agressivité. À la place de Kroenberg, je retiendrais la leçon de l'hémicycle.

Ils finirent de se restaurer tranquillement. Lorri émit un bâillement étouffé et s'excusa :

— Désolé de quitter la table, Cynthia, mais la fatigue est au rendez-vous... Essaye de t'étendre un peu et fais autant que possible le vide dans ton esprit, c'est un moyen efficace de trouver le sommeil ! Lorsque je prépare un examen et que les révisions m'ont épuisé, c'est ce que je fais. Ça marche plutôt bien.

Laurent rejoignit Kroenberg, endormi sur une des couches de la chambre voisine.

« Diable de garçon, murmura la biologiste. Et en plus, il est plutôt mignon... »

Peu de temps après, elle vint s'allonger discrètement aux côtés de Lorri. Malgré la fatigue causée par les émotions, elle ne réussit pas à trouver le sommeil immédiatement. Ce n'est qu'après avoir suivi le conseil de son jeune compagnon, qu'elle s'endormit enfin.

GX-16 attendit patiemment que la respiration de ses voisins eût pris un rythme régulier avant de se glisser doucement hors de la couche. Un plan avait germé dans sa tête. Simple, avec beaucoup d'inconnues. Cependant, mieux valait tout tenter plutôt que de rester passif à subir le bon vouloir des Aquariens. Si ce plan échouait, il en tenterait un autre plus tard, voilà tout.

L'idée était de rejoindre le port. Là, si tout allait bien, à bord de la soucoupe, il partirait en exploration à la recherche d'une issue.

Il ne croyait pas à l'hypothèse de Laurent Saint-Pierre. En effet, rien ne prouvait vraiment qu'ils étaient arrivés à Okeanos, prisonniers de la méduse géante. Quant à la surveillance dont ils faisaient l'objet sous le dôme, elle était rudimentaire. Ce n'était pas deux ou trois Aquariens qui réussiraient à lui barrer le chemin, surtout muni de l'automatique qu'il avait réussi à dissimuler dans un repli de sa combinaison avant de quitter la SP 5000 et qu'il tenait maintenant en main. Équipée d'un silencieux, cette arme saurait être aussi discrète qu'efficace, le moment venu.

Kroenberg marcha vers le sas de sortie et en actionna la commande. Comme il s'y attendait, les gardes étaient toujours en faction de l'autre côté. En deux, trois gestes, le technicien fit comprendre son désir de se dégourdir les jambes hors du bâtiment afin d'admirer les lumières de la ville. L'excuse était grosse, mais elle marcha.

«Ces types sont niais à souhait!» songea-t-il en précédant l'Aquarien qui l'accompagnait.

Il déboucha sur l'escalier mobile, fit mine quelques secondes d'observer la ville, puis se retourna vivement en portant un coup de poing au visage de l'Aquarien. Celui-ci, surpris par cette manœuvre imprévue, tomba à la renverse. Le coup avait pourtant manqué de force, et de la lance qu'il n'avait pas lâchée, le garde menaça GX-16. Il y eut un arc électrique étroit qui s'échappa de l'ogive. Kroenberg, touché, poussa un hurlement de douleur. À moitié inconscient, il réussit néanmoins à braquer son arme automatique et à faire feu. L'Aquarien eut un soubresaut avant de retomber, inerte.

Le membre du GERS mit quelques secondes avant de récupérer. Il connaissait désormais l'utilité des lances. À l'avenir, il ne prendrait plus aucun risque.

Kroenberg se frictionna les membres pour chasser l'engourdissement occasionné par la décharge, puis il dissimula le corps de l'Aquarien dans l'ombre d'un recoin. Il avait visé un peu au jugé. La balle avait dû pénétrer dans la région du cœur. Il se demanda si cet organe était présent chez les Aquariens. «De toute manière, il a l'air d'avoir son compte», songea-t-il avant de s'élancer dans l'escalier.

Les auréoles d'un éclairage public s'ajoutaient par-ci, par-là à la luminosité réduite du dôme. Il restait malgré tout de nombreuses zones d'ombre dans lesquelles il était facile de se glisser. De plus, les avenues étaient désertes. Il atteignit donc le port sans avoir fait de mauvaises rencontres.

Quelqu'un de plus réfléchi se serait sans doute dit que tout cela était trop facile. Cette réflexion ne vint pourtant pas à l'esprit du technicien, trop fébrile à l'idée de rejoindre la surface de la mer afin de révéler au groupement l'existence de cette ville sous-marine. Le sort le favorisa puisqu'il atteignit le submersible, dans lequel il s'engouffra.

Lorri ignorait depuis combien de temps il dormait lorsqu'on vint les réveiller. Un geste ferme mais sans agressivité. Les gardes attendaient dans la pièce. Il se rendit vite compte de l'absence de GX-16... et de la présence de Cynthia à ses côtés.

— Où est Kroenberg ?

Cynthia Glendale haussa les épaules en signe d'ignorance.

Un des gardiens prononça rapidement quelques mots en aquarien en montrant la sortie.

Dehors, sous le dôme, faisait-il nuit ou jour ? Ils verraient bien, une fois à l'extérieur. Laurent tendit la main à la biologiste et l'invita à quitter l'appartement. Ils retrouvèrent l'escalier. Le corps du garde assassiné par Kroenberg avait disparu.

La ville baignait encore dans l'obscurité. Il régnait un silence épais, celui des profondeurs.

Arrivée au bas de l'escalier roulant, l'escorte prit la direction du palais princier.

— Où nous emmène-t-on ? murmura la biologiste.

— Probablement devant Océania. Nous allons peut-être assister à cet oracle dont elle a parlé...

Le jeune homme se demanda où pouvait être Kroenberg. Les sentiments qui animaient le technicien, ne lui laissaient augurer rien de bon. Il espérait simplement ne pas avoir à subir les conséquences d'une autre de ses exactions.

À l'intérieur du palais, on les mena vers un temple de dimensions réduites au centre duquel siégeait la princesse des abîmes. De part et d'autre du trône en forme de tridacne, se tenait une dizaine d'Aquariens aux visages marqués par les rides. Lorri et Cynthia devinèrent être en présence du conseil d'Okeanos.

Une fois encore, Laurent apprécia la beauté de la souveraine. Une véritable perle reposant sur un écrin ! Les hauts dignitaires qui l'entouraient, la vénéraient sans doute comme le plus cher de leurs biens. Si le corps de ces sages subissaient les affres du temps, leurs esprits avaient dû garder leurs pouvoirs. Il suffisait de les fixer trop longuement pour être aussitôt sous emprise hypnotique.

En réalité, le conseil se tenait à l'intérieur d'un amphithéâtre. Une colonnade à caryatides en délimitait le pourtour. Devant la princesse Océania, légèrement en contrebas, se dressait un autel taillé dans une matière sombre. Sa forme générale rappelait celle d'une coupe.

— Bienvenue à notre conseil des Sages, Thôr. Bienvenue à vous, Dahia. Avancez, je vous prie.

L'escorte, qui les avait amenés, se retira après un salut. Ce dernier se faisait en appliquant la main à plat sur le front, puis en la présentant paume en avant, bras tendu.

Lorri et Cynthia s'immobilisèrent au pied de l'autel. Deux sièges ergonomiques, invisibles jusqu'alors, sortirent du sol. Sous un signe d'Océania, ils y prirent place.

— La confusion qui règne en vous est grande, Terriens, commença la princesse des abîmes. Voici qui vous éclairera sur le royaume d'Okeanos.

Comme par enchantement, la luminosité de l'amphithéâtre diminua d'intensité. Laurent sentit la main de Cynthia chercher la sienne, tandis qu'une torpeur soudaine s'emparait de tout son corps. Elle se transforma rapidement en un délicieux bien-être. Une voix lointaine résonna dans son esprit :

«Je suis Chronos. Écoutez ma voix. À l'origine était la lumière. De la nuée ardente naquit l'Univers, et de l'Univers se forgèrent les étoiles. De l'une d'entre elles sortit la

Terre qui enfanta à son tour les plaines, les montagnes et l'eau. Il se passa des millions d'années avant que n'apparaisse...

« Je suis Glaucos. Écoutez ma voix. De la Mer originelle naquit la vie, et de la vie naquit la transformation de la vie... »

Avait-il les yeux ouverts ? Lorri était dans l'incapacité de répondre. Il voyait pourtant. Chacune des paroles qui se répercutait à l'intérieur de son crâne s'accompagnait d'images. S'il avait été un peu plus conscient, il aurait compris que leurs regards, le sien et celui de Cynthia, fixaient l'autel où dansaient des hologrammes.

L'étudiant et la biologiste eurent le sentiment d'assister à la naissance du Monde. Ils se trouvaient maintenant devant un organigramme retraçant l'évolution, à l'intérieur d'un musée d'histoire naturelle. Ils remontèrent ainsi le passé à la vitesse d'un film en embobinage rapide, jusqu'à moins six cent quatre-vingts millions d'années. Le déroulement du film se ralentit puis s'inversa. Ils assistèrent alors à l'apparition des premiers animalcules, celle des tout premiers êtres amphibies. Ils entrevirent le règne des dinosaures et des monstres marins, observèrent l'envol des premiers oiseaux et furent les témoins de la percée des mammifères. La vision se précisa avec la naissance des premiers hominidés. Ils plongèrent tout à coup dans une eau saumâtre où s'ébattaient les ancêtres des delphinidés et ceux des... Aquariens.

Le film s'accéléra brusquement avant de ralentir de nouveau. Moins vingt mille ans... Une civilisation avancée... Un cataclysme effroyable. L'apparition ensuite des fonds sous-marins et de la cité d'Okeanos; les évolutions lentes et gracieuses de gigantesques cténophores[1] bioluminescentes.

La vision hypnotique devint moins précise tandis qu'ils reprenaient peu à peu le contrôle de leurs sens. Une voix, celle d'Océania la princesse des abîmes, leur recommanda de se détendre tout en respirant profondément.

Une partie du voile venait de se lever. L'origine des Aquariens était donc aussi ancienne que celle des hommes. Elle

---

1. Animal cilié pélagique.

remontait à cet instant de l'histoire de la vie où certains mammifères, après avoir quitté l'élément aqueux, y étaient revenus.

Sur l'arbre de l'évolution, une branche allait donner naissance aux primates et à leurs cousins, les hommes, tandis que sur une autre se développaient les mammifères marins, avec, parmi eux, les ancêtres des Aquariens.

Laurent Saint-Pierre avait retrouvé son entière lucidité.

— Beaucoup d'interrogations hantent toujours mon esprit, princesse Océania.

— Posez vos questions, Thôr, nous vous y autorisons.

— J'ai vu les images d'une grande civilisation, puis sa disparition dans un cataclysme redoutable. Certains Terriens passent leur existence à chercher les traces d'une civilisation disparue qu'ils nomment l'Atlantide. Était-ce de cette civilisation qu'il s'agissait ?

Ce ne fut pas Océania qui répondit, mais un membre du conseil.

— Oui... Le royaume d'Ichtis... Nous sommes ses derniers descendants. Lorsque survint l'engloutissement d'Ichtis, le dôme d'Okeanos préserva de l'anéantissement un certain nombre d'élus, ainsi qu'un condensé de tout leur savoir acquis depuis des millénaires. La mutation génique, dont une des conséquences fut l'apparition de l'intelligence, qui toucha nos lointains parents, se produisit chez les Aquariens bien avant qu'elle ne le fît chez vous, Terriens. Au moment de sa disparition, Ichtis possédait près de dix mille ans d'avance. Durant les siècles où elle se développa, de par sa situation géographique particulière, isolée entre deux continents terrestres, au milieu des eaux, Ichtis prospéra hors du Monde. Ses richesses étaient telles qu'elles rendirent inutile la conquête d'espaces supplémentaires.

— L'histoire humaine est également faite d'une succession de civilisations glorieuses. Parmi elles, il y en eut une qui laissa un héritage considérable : la Grèce antique. À Okeanos, je retrouve des vestiges de cette civilisation...

Le Sage parla de nouveau :

— Un contemporain de la civilisation dont vous parlez, Thôr, a relaté des faits étranges quant à l'existence d'une mystérieuse contrée. D'autres avant lui en avaient également eu connaissance. Les récits de ces voyageurs ont influencé la mythologie de cette civilisation.

«À coups sûrs, ce contemporain s'appelait Platon», songea Lorri qui connaissait ses classiques. Ainsi ce n'était pas Okeanos qui avait subi l'influence de la Grèce, mais l'inverse. Une autre question tourmentait son esprit. Quel but suivaient les Aquariens en leur dévoilant tout ceci?

— Pourquoi nous avoir amenés à Okeanos, princesse Océania? Sommes-nous vos prisonniers?

— Cette question ne peut encore avoir de réponse, Thôr.

— Comment sommes-nous parvenus sains et saufs sous le dôme? Quelle est la nature de cette entité qui nous a effrayés? demanda à son tour Cynthia.

— Dans le monde des terres émergées, Dahia, vos semblables effectuent de longues recherches pour tenter de percer les secrets des mers et des océans. Ils progressent rapidement, mais leurs connaissances restent limitées. Il existe dans cet univers des choses dont vous ne pouvez pas soupçonner l'existence... Vous êtes parvenus à Okeanos grâce à un *Bantor*.

— Pourtant, princesse, nos méthodes d'investigations sont de plus en plus précises. Comment avez-vous pu leur échapper jusqu'ici ?

— Les Terriens utilisent certaines énergies ; nous en utilisons d'autres.

— La télépathie, par exemple ? intervint Laurent.

— Entre autres. Nous avons, de plus, certains pouvoirs très efficaces, capables d'agir à distance sur vos propres pensées et, ainsi, de les influencer. Vous n'êtes jamais venus ici, simplement parce que nous ne voulions pas que vous y veniez.

— Un brouillage de la pensée, en quelque sorte, résuma Lorri.

— Votre définition est proche de la réalité, Thôr.

De sa position, Océania n'avait pas pu entendre cette dernière remarque. Lorri devina que la princesse des abîmes lisait dans leurs esprits aussi facilement que dans un livre ouvert.

— Une autre question, si vous permettez, princesse Océania. De la rencontre de nos deux mondes, ne pourrait-il pas naître de bonnes choses ?

— Ne connaissez-vous pas la réponse à cette question, Thôr? répondit-elle d'une manière sibylline... Nous observons les Terriens depuis des milliers d'années. Leur histoire n'est faite que de guerres et de conflits. Vous êtes cependant capables de magnanimité et de grandeur, mais certains sentiments qui vous animent, la cupidité, la déraison, la passion du pouvoir, sont à l'origine de notre volonté de ne pas révéler notre existence. Certains d'entre vous accepteraient un partage des richesses de la planète entre nos deux races; beaucoup d'autres ne songeraient qu'à s'accaparer notre savoir et à tenter de nous asservir pour accroître leur puissance. Vous n'êtes pas mûrs pour cette rencontre, Terriens.

Que répondre à cela? Océania venait de dépeindre parfaitement la situation du monde actuel.

— Qu'attendez-vous de nous, princesse Océania? Pourquoi nous révéler tout ceci si nous n'en sommes pas dignes?

Un Sage, le plus vieux d'entre eux, répondit:

— Votre civilisation nous apparaît sans issue, Terriens. Nous ne serons pas le *deus ex machina* dont vous auriez besoin pour éviter le chaos... Après l'engloutissement d'Ichtis, il n'y eut aucun survivant. Seuls quelques élus, désignés pour vivre à l'abri du dôme, subsistèrent. Dans les profondeurs des abîmes, ces Anciens firent une découverte : l'existence d'une espèce aquatique présentant des similitudes avec leur propre physiologie. En utilisant les connaissances du royaume d'Ichtis, sauvées de l'anéantissement, ils reconnurent en eux leurs ancêtres. Pour une raison inconnue, la mutation génique qui aida à l'émergence de l'intelligence ne s'était pas produite dans leurs gènes. À titre de comparaison, Terriens, imaginez une rencontre de visu avec vos ascendants hominiens... Pour sauver leur peuple de l'extinction, les Anciens décidèrent alors de déclencher artificiellement cette mutation génique. Par croisements successifs, cette race aquarienne primitive se métamorphosa peu à peu. Aujourd'hui, nous sommes l'aboutissement de cette mutation artificielle. Certains d'entre nous n'ont pas encore accompli leur complète métamorphose, ce sont les Aquariens de premier rang. D'autres, un peu plus avancés, constituent les Aquariens de deuxième rang. Nous faisons partie du troisième et dernier rang.

« Cela explique pas mal de choses », songea Lorri. Pourtant, il n'avait toujours pas eu la réponse à sa question. Ce fut Océania qui y répondit :

— Voici ce que nous attendons de vous. Les activités terriennes sont à l'origine d'un ralentissement de la métamorphose des derniers Aquariens de premier rang. Elles provoquent également l'apparition de malformations chez ceux de deuxième rang. Ces anomalies sont les conséquences des rejets de toutes sortes que vous effectuez dans notre environnement. De plus, un nombre important d'espèces sont en voie d'extinction, et les projets d'exploitation intensive de nos territoires, les mers et les océans, occupent de plus en plus couramment les esprits des plus cupides d'entre vous. Nous avons donc jugé nécessaire d'entreprendre quelques actions répressives. Parmi celles-ci, la neutralisation de certains systèmes de communications, le sabordage de certains de vos navires en infraction avec notre code, des expéditions sur vos côtes pour traumatiser la population... Les Aquariens sont bien moins nombreux que les Terriens. Cependant, notre technologie est en avance sur la vôtre, capable de vous interdire définitivement l'accès au monde marin. Ce n'est pas notre volonté. Nous vous demandons, Thôr et Dahia, sans jamais trahir le secret de notre existence, de devenir les « messagers d'Okeanos » auprès de vos semblables, de vous opposer, dans la mesure de vos moyens, à chacun de leurs projets susceptibles de dégrader davantage nos territoires...

Jamais sans doute Laurent Saint-Pierre ne s'était senti aussi petit. Le poids que venait de placer Océania sur ses épaules était près de l'écraser d'un coup. Le regard lancé par Cynthia Glendale était également assez significatif.

— Vos exigences sont légitimes et justifiées, reprit le jeune Québécois, mais difficilement réalisables. À nous seuls...

— Vous n'êtes pas seuls, Thôr. D'autres Terriens vous ont précédé à Okeanos. D'autres y viendront encore.

— Je ne comprends pas, princesse.

— Nous sauvons de la noyade certains naufragés qui, comme vous, pénètrent dans le royaume des Aquariens. Ils subissent l'oracle d'Héména. En fonction du résultat, les uns regagnent les terres émergées, les autres sont intégrés dans notre monde.

— C'est-à-dire condamnés à vivre perpétuellement sous le dôme, n'est-ce pas ?

— Pas exactement au sens où vous l'entendez. Je lis de l'amertume en vous, Thôr. Il en va malheureusement de la survie de nos deux races. Nous ne pouvons prendre le risque d'un affrontement qui serait terrible. Imaginez ce qui arriverait si votre peuple venait à connaître notre existence... Les Aquariens seraient traqués sur toutes les mers par des armadas terriennes. Le sous-sol des profondeurs regorge de richesses naturelles et les aptitudes des Aquariens seraient bien utiles à vos compagnies minières, avouez-le.

Tout cela était parfaitement sensé, trop même. Le monde de la surface ne tournait pas rond, Lorri le savait. Trop d'inégalités, trop de misère, trop de cupidité...

— Que sont devenus ceux qui ont échoué à l'oracle ? interrogea Cynthia Glendale d'une voix enrouée.

— Nos connaissances en génétique sont très développées. Après un traitement approprié, indolore, je vous rassure, nous gommons de leur mémoire tout souvenir de vie antérieure. C'est là le meilleur compromis que nous puissions leur offrir. Tous étaient destinés à périr noyés, ne l'oubliez pas. Nous leur donnons ensuite l'apparence physique d'Aquariens de troisième rang.

« Voilà un drôle de rôle de juge et partie », songea Laurent.

— En quoi consiste l'oracle d'Héména, princesse Océania ?

Nous allons sonder vos esprits au plus profond de vous, Thôr et Dahia. Vos véritables intentions nous seront alors dévoilées. Voulez-vous subir l'oracle, Terriens ?

— Rien qu'une petite séance de sérum de vérité, en quelque sorte, murmura Lorri en fixant Cynthia.

C'était ça ou rien d'autre. Malgré tout ce qu'ils avaient vu et appris, seraient-ils capables de garder le secret sur l'existence des Aquariens ? Leur engagement consistait à défendre les intérêts du royaume d'Okeanos. N'était-ce pas défendre en même temps les leurs ? Préserver le monde des Aquariens, c'était également préserver les mers et les océans, autrement dit, la Terre.

— Nous le voulons, répondirent-ils.

14

Retour à la surface

Kroenberg actionna les contacts des turbines en vérifiant rapidement le niveau d'énergie disponible : quatre heures d'autonomie pour une réserve d'oxygène à quarante pour cent. De quoi rejoindre la surface sans traîner.

Le laxisme des Aquariens touchait à l'inconscience. Le technicien modéra pourtant son enthousiasme.

« Du calme, *my friend*! T'es pas encore sorti de l'auberge ! »

Il prit les commandes, et le submersible s'arracha du ponton de pierre où il était amarré.

La première chose à faire était de foncer vers le sas principal, au milieu de la muraille. Juste avant de disparaître à l'intérieur de l'habitacle, il avait pu remarquer que celui-ci était fermé. GX-16 voulait forcer la chance en pensant que son ouverture se faisait automatiquement. Si tel n'était pas le cas, il s'enfoncerait plus profondément dans les entrailles du dôme à la recherche d'un passage.

Quelques silhouettes d'Aquariens se profilèrent ici ou là. Ce fut toute l'opposition qu'il rencontra avant d'arriver à proximité immédiate du sas.

Le technicien ralentit l'allure et alluma les projecteurs. Il faillit hurler de joie en voyant l'énorme porte coulisser lentement pour lui livrer le passage.

« Et voici le deuxième essai transformé ! » jubila-t-il.

D'un geste nerveux, Kroenberg poussa le levier de puissance aux trois quarts de sa course. Le submersible se mit à descendre rapidement vers l'iris assurant la liaison entre le dôme et l'extérieur. Si ses souvenirs étaient corrects, il devait le trouver en face de lui. Tout se jouerait à cet endroit, le dernier essai.

L'image de la monstrueuse méduse surgit dans son esprit. Le technicien la chassa. Jusqu'ici, tout avait bien marché. « Je dois y croire ! » songea-t-il avec force.

Le faisceau des projecteurs buta sur un obstacle lisse, vaguement luminescent : la paroi du dôme. La soucoupe plongeante se mit à la longer doucement jusqu'à ce que l'iris apparaisse, enfin.

Kroenberg amena le submersible face au sas, puis stoppa les turbines. Rien ne se passait. Il était pourtant certain qu'il s'agissait du passage communiquant vers l'extérieur. « Si l'ouverture ne se fait pas automatiquement, je suis bon pour la revue ! »

Il avait à peine formulé cette dernière pensée que l'iris se modifia, laissant apparaître un tunnel qui, selon toute probabilité, traversait l'épaisseur du dôme.

Le visage inondé par la transpiration, GX-16 lança le submersible vers ce qu'il pensait être le salut.

⟨⟩

L'oracle d'Héména avait eu lieu.

Laurent Saint-Pierre ouvrit lentement les yeux, cligna des paupières. Petit à petit, l'impression désagréable qu'on lui dérobait le contenu de son âme s'atténua. Le décor de l'amphithéâtre apparut de nouveau : l'autel, Océania assise au creux du tridacne de marbre blanc, le conseil des Sages...

Il tourna lentement la tête vers Cynthia Glendale, allongée à ses côtés. Elle recouvrait ses esprits, elle aussi.

Les sièges ergonomiques reprirent leur position initiale dans un léger chuintement. Aucune expression ne se lisait sur les visages des Aquariens. L'étudiant et la biologiste avaient-ils passé l'épreuve avec succès ou pouvaient-ils se préparer à vivre sous le dôme pour le restant de leur vie ? Leur inconscient ne les avait-il pas trahis ?

La voix autoritaire de la princesse des abîmes brisa le silence :

— L'oracle d'Héména a parlé en votre faveur, Terriens. Nulle perversion ne souille vos esprits. Vous voici devenus les « messagers d'Okeanos ». Retournez vers les vôtres militer secrètement en notre faveur et préserver ainsi la matrice nourricière qui vit naître nos deux races.

Ils étaient toujours sans nouvelles de Kroenberg. Pourquoi n'avait-il pas subi l'oracle d'Héména ?

— Qu'est devenu notre compagnon, princesse Océania ? Nous étions trois à pénétrer sous le dôme; nous devons être trois à le quitter.

Malgré l'antipathie mutuelle que les deux hommes affichaient l'un pour l'autre, Lorri ne pouvait se résoudre à abandonner le technicien.

— Votre semblable a choisi son propre destin. Voyez...

La pénombre gagna l'intérieur du temple tandis que l'autel s'auréolait de voiles lumineux multicolores. Ces voiles prirent de la netteté et devinrent des images holographiques.

Les deux jeunes gens assistèrent alors à la fuite de Kroenberg. De l'assassinat du garde jusqu'à la sortie du dôme.

« L'imbécile ! » murmura Laurent.

Il y eut un zoom arrière. La créature monstrueuse, le *Bantor*, apparut. Aux commandes du submersible, Kroenberg venait de disparaître dans l'un de ses tentacules.

Laurent Saint-Pierre avait compris l'horrible destin qui attendait le technicien.

— N'y a-t-il aucune autre alternative pour lui, princesse Océania ?

— Son esprit est vil et perverti, Thôr.

Elle n'avait pas détourné les yeux. Sa décision était irrévocable.

L'hologramme montra la vacuole intérieure du *Bantor*. La SP 5000 y était prisonnière. Derrière elle, dans la membrane, plusieurs vésicules se détachèrent avant de fondre sur le submersible. La dernière image qui leur parvint fut celle d'un homme glacé par l'épouvante.

Cynthia Glendale s'enfouit le visage dans les mains, tandis que la soucoupe disparaissait, dissoute par les sucs digestifs du *Bantor*.

Pour la centième fois, Keewat fixa le compteur de plongée. Pour la centième fois, il détourna les yeux. Cela faisait maintenant plus de dix minutes que le zéro fatidique s'était inscrit sur le cadran. Les réserves d'oxygène du submersible étaient épuisées, et la SP 5000 n'avait toujours pas refait surface.

— Bon sang ! murmura-t-il, tu ne vas pas me faire ça, *amigo* ! On a des tas de choses à voir tous les deux, des tas de comptes à régler !

Un silence de mort régnait dans la cabine de pilotage du *Surveyor*. Michael Eliot se passait nerveusement la main sur le

front ; Chang Wong avait la tête douloureusement appuyée sur une des vitres ; le
regard vague, Dewilde tournait en rond ; les
comparses de Kroenberg ne savaient que
penser.

— Ce n'est pas possible ! éclata Keewat
en frappant violemment du poing sur une
des cloisons.

L'Amérindien saisit les jumelles, sortit
sur le pont, se mit à scruter la mer, les dents
serrées. Lorri était son meilleur ami. Tant
de complicité s'était installée entre eux !
Tout cela n'allait pas disparaître aussi
stupidement !

« LORRI », hurla-t-il vers le large.

Un brouhaha monta à l'intérieur du
poste de pilotage. Keewat se rua vers la
porte.

— Les transmissions radio ! Elles sont
rétablies ! lança précipitamment Michael
Eliot en bousculant le préposé aux communications. Nous allons appeler les secours.

— À quoi ça servira ! C'est foutu !
grogna Keewat.

La rage au ventre, il sortit de la timonerie et balaya une nouvelle fois les jumelles
vers l'océan meurtrier à qui il ne pouvait
même pas demander réparation.

«Tout est fini!» se mit-il à sangloter comme un enfant. À moins que...

D'une main fébrile, l'Indien fit la mise au point. Ne venait-il pas d'apercevoir quelque chose, là-bas, entre deux mouvements de houle?

Une joie immense monta en lui, crevant comme un volcan en éruption le voile terne qui s'était abattu sur son esprit.

— Un homme à la mer! hurla-t-il de ses pleins poumons en bondissant vers le canot de sauvetage. Par le Grand Esprit, remuez-vous, bon sang!

Chang Wong sur les talons, Michael Eliot dévala l'échelle de coupée comme jamais sans doute il ne l'avait fait. Lorsqu'ils rejoignirent Keewat, le travail était déjà à moitié fait.

— Où? Où sont-ils? Montrez-les-moi, bon Dieu! jura l'officier.

— Pas le temps! Au canot, vite!

En un clin d'œil, propulsée par les bras solides du Tchippewayan, l'embarcation arriva à proximité des naufragés. Depuis le début, Keewat avait la certitude qu'il s'agissait de son ami. Maintenant, il reconnaissait également Cynthia Glendale.

— Par *Yédoriyé,* le Tout-Puissant ! s'écria-t-il en hissant Lorri. Qu'avez-vous fait de la soucoupe ?

— On se trouvait à l'étroit... Et tu sais que, s'il y a une chose que je déteste, c'est bien ça !

Chang Wong, aidé par Eliot, hissa à bord la biologiste. L'Asiatique attendait une explication plus sérieuse.

— Des problèmes de remontée, hoqueta Cynthia Glendale. La soucoupe est perdue... Kroenberg ne s'en est pas tiré, il s'est noyé. Ça fuyait de partout ! Des joints ont lâché… C'était affreux. J'ai cru que mes poumons allaient éclater. L'incident s'est produit dans les dernières dizaines de mètres de la remontée.

Elle lança un coup d'œil rapide vers Laurent. La leçon avait été bien apprise. Ils avaient également eu soin de troquer les chlamydes contre les combinaisons. Sans cette précaution, les choses auraient été nettement plus compliquées. Et comment faire avaler à l'équipage qu'ils étaient remontés des abysses, bien à l'abri, à l'intérieur du *Bantor* ?

Les trois hommes du *Surveyor* laissèrent éclater leur joie. Lorri fixa l'océan. Là, sous

leurs pieds, la princesse des abîmes avait vu
juste. Jamais il ne trahirait le secret de son
fabuleux royaume, le royaume d'Okeanos.
Puis il reporta les yeux vers Cynthia. Même
avec ses cheveux mouillés, elle était vraiment jolie.

ÉPILOGUE

Après l'épisode tragique de la disparition de Kroenberg, Laurent Saint-Pierre et Cynthia Glendale avaient bénéficié d'un traitement de faveur, conséquence directe, sans doute, de leur succès à l'oracle d'Héména qui faisait d'eux les messagers d'Okeanos. Des messagers voués au silence, mais des ambassadeurs quand même. Au cours de ce traitement de faveur, ils étaient devenus les hôtes de la princesse Océania. La souveraine avait profité de l'occasion pour exposer certains fondements de la société aquarienne, mais pas plus au cours de cet exposé qu'à un autre moment passé à Okeanos, Lorri n'avait pu approcher de près la princesse. Il le regrettait. Non seulement à cause de sa beauté irréelle, mais aussi parce qu'il aurait aimé en savoir beaucoup plus. Pour les Aquariens, c'était évident, Océania était une déesse. Laisser un Terrien l'approcher revenait à la souiller.

La cité d'Okeanos avait été fondée sur les derniers vestiges de la prestigieuse Atlantide, disparue sous les flots lors d'un bouleversement de la dorsale médio-océanique qui parcourt l'Atlantique. Avertis de l'imminence de leur fin, les Atlantes édifièrent le dôme d'Okeanos. L'œuvre avait été réalisée d'un seul tenant, coulée dans un gigantesque moule. Un tour de force rendu possible grâce au savoir prestigieux de l'élite atlante. Ensuite, il y avait eu la rencontre avec les Aquariens primitifs. Les fondements de la société atlante reposaient sur le partage, la sagesse et la raison. Les survivants accordèrent tous leurs soins à l'émergence de cette race primitive, celle-ci n'ayant pas bénéficié de la mutation génique d'où devait naître l'intelligence. Dès lors, les derniers Atlantes et les Aquariens s'unirent pour former le royaume d'Okeanos. Océania en était l'actuelle souveraine.

Lorsque la princesse des abîmes dévoila une partie du savoir aquarien, acquis depuis des siècles par l'observation de l'activité humaine, Laurent eut le vertige. Pas la plus petite bande de terre qui ne fut décrite et rigoureusement classée. Tout était consigné (histoire, géographie humaine, économie, défense), et chaque donnée était enregistrée à l'intérieur de machines à composantes biologiques qui n'avaient plus qu'une lointaine ressemblance avec les ordinateurs. Il se demanda comment les Aquariens avaient pu réunir des informations aussi complètes.

— Par l'exploration mentale de vos semblables, répondit-elle. Certains membres de notre communauté peuvent fouiller votre subconscient sans que vous en ayez conscience. Pour simplifier, imaginez un esprit capable de se «brancher» sur un autre pour y puiser tout ce qu'il a envie de savoir.

Cynthia et Lorri avaient assisté aux évolutions de quelques-uns des appareils dont disposaient les Aquariens pour faciliter leurs déplacements. Certains étaient des monoplaces, en forme de lentilles ; d'autres, nettement plus imposants, ressemblaient étrangement à des narvals, à ceci près que leur longue défense était capable d'émettre un rayon destructeur. Un rayon destructeur qui était sans doute à l'origine de biens des naufrages, comme celui du supertanker.

Une foule de questions restait sans réponses. Il aurait fallu plusieurs années d'étude pour avoir une idée d'ensemble de la culture aquarienne. Une mission attendait Lorri et Cynthia. Ils devaient s'y tenir. D'ailleurs, Océania n'avait pas souhaité leur en montrer plus. Le séjour à Okeanos, ainsi que leur fantastique aventure, touchait à sa fin.

Un peu avant de pénétrer dans un *Bantor* pour regagner la surface, qui était de loin le plus invraisemblable moyen de transport jamais conçu, la princesse des abîmes salua ses hôtes : main sur le front, puis paume tendue en avant.

— Le royaume d'Okeanos se souviendra de vous, Terriens. Vous devenez le trait d'union entre nos deux peuples. Puisse la Sagesse se répandre par vos paroles.

Malgré la distance qui le séparait d'elle, Lorri devina qu'Océania le fixait d'une façon étrange. Il se sentit soudain envahi par un bien-être indéfinissable. Était-ce là la manière qu'avait Océania de donner un baiser ?

Le *Surveyor* accosta à Lorient. Une agitation fébrile y régnait, celle qui caractérise les grands ports. On y déchargeait autant que l'on chargeait, dans un incessant va-et-vient de chariots et de grues élévatrices.

Cynthia Glendale descendit l'échelle permettant l'accès au quai, suivie de Laurent et de Keewat. Au cours de la traversée qui avait permis au *Surveyor* de regagner terre, une complicité étroite s'était tissée entre le Québécois et la biologiste. Tous deux venaient de connaître une incroyable aventure dans laquelle ils avaient failli y laisser leur vie. Tous deux avaient eu la preuve, et quelle preuve ! de l'existence d'une race intelligente, non humaine. Tous deux en étaient devenus les émissaires secrets.

Estimant que Keewat méritait la vérité, Lorri profita qu'ils se trouvaient tous les trois réunis à bord du *Cygnus*, échoué sur le pont du *Surveyor*, pour lui relater dans ses moindres détails la rencontre avec les Aquariens. Il trahissait ainsi son serment, mais Keewat était son plus grand ami, et il aurait, lui aussi, sans que le doute soit permis, réussi le test d'Héména. Tout autre que l'Indien tchippewayan aurait refusé de croire au récit qui venait de lui être fait. Mais son ami n'avait aucune raison de lui mentir, il le savait. Et puis, il y avait les faits. Comment expliquer que Cynthia et lui soient sortis indemnes d'un naufrage, à quatre milles mètres de profondeur? Leurs attitudes avaient également changé. Ils passaient de longs moments à contempler la mer, habités par de profondes réflexions. Maintenant, Keewat comprenait. Cette révélation avait une portée considérable, capable de bouleverser l'esprit de quiconque. Mais elle était aussi rassurante, car elle prouvait que tous trois, en choisissant la voie qu'ils se traçaient, ne s'étaient pas trompés. Cynthia était biologiste et passait son temps à étudier le milieu marin ; Lorri se lançait dans l'écobiotechnologie. Quant à Keewat, depuis la nuit des temps, son peuple avait vécu en symbiose avec la Nature. Il s'inscrivait dans cette lignée. Oui, maintenant, ils ne seraient plus les mêmes, un peu comme ces astronautes qui, après avoir contemplé la beauté de la Terre depuis l'espace, en reviennent bouleversés et meilleurs. Tous trois, en fonction de leurs moyens, étaient prêts à partir en croisade contre la pollution, la nuisance et l'illogisme de leurs semblables.

Keewat attendit que Michael Eliot le rejoigne afin de discuter des réparations à effectuer sur le *Cygnus*, réparations que le commandant du *Surveyor* prenait naturellement à sa charge. Il laissa Lorri et Cynthia. Le moment des adieux était arrivé.

— Tu es vraiment obligée de partir ? demanda Lorri en fixant la biologiste dans les yeux.

— Oui, Laurent. J'ai des comptes à rendre au Centre et je dois leur présenter un rapport.

— Je suis encore en France pour quelques jours… Nous aurions pu…

Elle lui saisit la main.

— J'ai ton adresse. Je te promets de venir à Québec très bientôt… Tu me feras découvrir ton pays, d'accord ? Et puis, nous avons une mission commune, n'est-ce pas ?

Elle lui donna un long baiser sur les lèvres, puis s'éloigna. Lorri la suivit des yeux jusqu'à ce qu'elle disparaisse, puis son regard s'arrêta sur la silhouette d'un homme, errant au milieu des quais. Il s'avança à sa rencontre et, lorsqu'il fut à portée de voix, il lança :

— Robinson ! Que fais-tu ici ? Aurais-tu décidé de changer tes quartiers ?

Le clochard leva la tête, hésitant.

— Par Saint-Émilion, fiston ! Je te reconnais, maintenant. Fichtre ! Drôle d'affaire ! Je n'y comprends rien. Des gars m'ont emmené à la capitale, tu te rends compte… Voulaient écouter mon histoire, qui disaient… J'ai tout lâché… Les maquereaux qui marchent, la Princesse… Tout quoi… Et puis, au revoir et merci, qui m'ont dit en me filant un bon rouge… M'ont débarqué ici…

Laurent resta songeur. Les membres du GERS, friands de témoignages, avaient dû s'intéresser de près à l'aventure du clochard. D'assez près pour justifier son interrogatoire à Paris. Dans le cas contraire, comment expliquer ce quasi-enlèvement ? Il pensa encore que le GERS ne se contenterait pas de leur témoignage, le sien et celui de Cynthia, sur la disparition de Kroenberg et qu'il y aurait un complément d'enquête. Comment tout ceci allait-il finir ? Sans compter les actions des commandos aquariens, Océania n'ayant laissé nullement sous-entendre qu'elles s'interrompraient. Quoi qu'il en soit, son avenir à lui avait une ligne directrice. Il allait poursuivre l'écobio, tenter de décrocher un bon diplôme et se lancer corps et âme dans la défense de l'environnement.

— Je suppose que tu veux regagner Belle-Île, n'est-ce pas ? fit-il à l'adresse du clochard. Eh bien, je t'emmène, Robinson, à bord du voilier que tu vois là-bas. Pas immédiatement, car il doit subir quelques réparations, mais ensuite…

— Crénom ! jura celui-ci. T'as un drôle d'accent, mon gars, mais t'es mon pote ! Larguez les voiles !

Une semaine plus tard, le Cygnus laissa définitivement le port de Lorient derrière lui. Les dégats causés par le *Surveyor* s'étaient révélés moins importants que prévus. En quatre jours, la coque avait retrouvé son aspect originel et, après quarante-huit heures de séchage supplémentaires, le voilier avait pu être remis à l'eau. Les deux Canadiens avaient mis à profit ce laps de temps pour visiter la ville et ses musées.

À la proue du voilier, Lorri fixa l'horizon. La mer s'étalait sous ses pieds, immense. Le vent prenait plaisir à jouer dans ses cheveux. Il y déposait un message, venu du large, un message d'Okeanos et de son monde fabuleux.

TABLE DES MATIÈRES

Gilles Devindilis

Gilles Devindilis est Français. À l'image de son héros, ses ancêtres sont Acadiens. Il écrit des romans d'aventures depuis 1993. Il a aussi travaillé dans l'industrie agro-alimentaire comme microbiologiste. Depuis son adolescence, il aime les aventures fantastiques et mystérieuses. Il pense que tout ne va pas très bien dans le meilleur des mondes. Pour lui, l'écriture est une façon de partir en croisade pour faire triompher le bon sens et le respect de la nature. La science-fiction est un outil formidable pour inventer des situations où Laurent Saint-Pierre et Keewat deviennent deux chevaliers des temps modernes.

COLLECTION CHACAL

AGMV Marquis

MEMBRE DE SCABRINI MEDIA

Québec, Canada
2001